ARTHUR WALEY

THE PILLOW-BOOK OF SEI SHŌNAGON

London
GEORGE ALLEN & UNWIN
Boston Sydney

鼎書房

ウェイリーと読む枕草子　目次

Ⅲ　英訳から読む枕草子

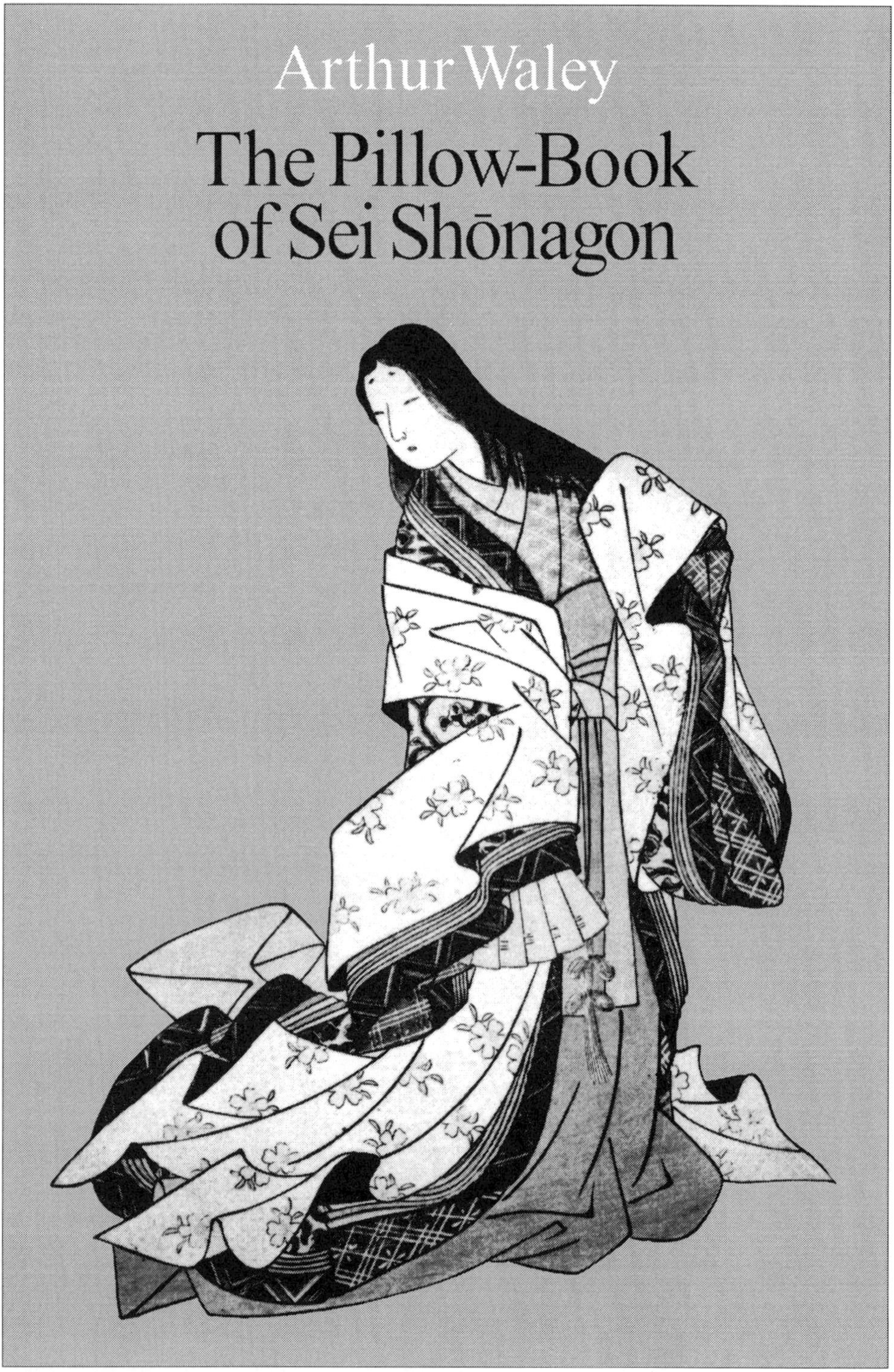

原本表紙

I　ウェイリー『枕草子』への招待

●一九二八年のウェイリー

アーサー・ウェイリーは、わが国ではもっぱら『源氏物語』の英訳者として知られている。その第一巻が刊行されたのは、一九二五年のこと。英米の読書界を驚愕させた『ザ・テイル・オヴ・ゲンジ』（全六巻）は、以後、年一冊のペースで刊行されてゆくわけだが、第四巻と五巻との間にのみ三年の空白が存在する。そのとき、さりげなく世に送り出されたのが、『ザ・ピローブック・オヴ・セイショーナゴン』だった。大業の総決算を一方に控えながらも、清少納言の枕草子を、伸び伸びと語ってみせたウェイリー。一〇〇頁にも満たない小著ながら、そこには彼の思いが十分に込められているといえるだろう。時に一九二八年、わが国では昭和三年の秋の候であった。

ウェイリーは一八八九年、英国に生まれている。世界が第一次大戦勃発の報に沸く頃には、大英博物館に勤務しながら、独学で日中両国語をマスターしてしまったという。以後、矢継ぎばやに漢詩や和歌、謡曲などを翻訳紹介、ついには『源氏物語』の英訳にも着手することになった。一九二九年に博物館を辞したのち、第二次大戦のさなかには、その語学力を買われて報道検閲官に駆り出されたりもしたが、終戦後も精力的に仕事を続け、一九六六年に七十六歳で亡くなるまで、著書は四十冊に及んでいる。

ウェイリーがのちに記すところによれば（一九六〇年版の序文）、『ピローブック』の刊行当時こそ、彼が「古代日本文学に夢中になっていた時代」だったという。じじつ『源氏物語』の完結（一九三三）後は、中国の古典に関する著作が主流となっているわけだが、それは同時に、『源氏物語』の英訳さえその一端と位置付けられてしまうほどに、彼の業績が豊かだったことの証しでもあろう。

●ウェイリー、会心の一冊

これほど旺盛な文筆活動に携わりながらも、ウェイリーは自著や自身について、公にはほとんど語ることがなかったという。ところがこの『ピローブック』に関しては、例外的に彼の言葉が残されている。最も気に入っている著作はどれかと訊かれて、ウェイリーがその名をあげていたというのだ。興味深い質問を彼にぶつけたのは、ドナルド・キーン、アイヴァン・モリスといった、彼の後継者たちであった（本書「文献案内」参照）。

世界的な評判をよんだ『源氏物語』ではなく、この小品の名が出たことには、当のキーンなども「意外なこと」だったと記している。キーンによれば、ウェイリーが「清少納言に特別な親和感をもったこと」、「他の著述よりも多く己れを注ぎ込んだこと」が理由ではないかという。むろんそれも比較の問題であり、注ぎ込まれた「己」にはどこまでも抑制が効いているのだが、『ピローブック』で選ばれた翻訳スタイルが、著者にとって満足のゆくものだったことは確かなようだ。

それは、単なる翻訳というよりも、入門書、あるいは概説のスタイルに近い。作品を巧みに散りばめながら、時代や文化を浮かび上がらせてゆく手さばきは、実際に見事な完成度を誇っている。本文の選び方、組み合わせ方は、もっぱら彼の鑑識眼によるものと思われ、例えばそれは、海外の日本文学選集において、あるいは我が国においても、枕草子といえば必ず引かれる初段（春はあけぼの）を切り捨てたところなどにも端的にあらわれていよう。「翻訳ノート」に記すところによれば、彼は従来のお決まりの紹介（それは、初段以下、代表的な類聚段を拾ってゆくやり方だった）には、まったく納得がいかなかったらしい。ウェイリーはまさに、みずからの感性で作品と向き合い、その眼力をもって、枕草子を二〇世紀の英国にプロデュースしてみせたのだ。

●枕草子との幸福な出会い

『ピローブック』一九六〇年版の序文には、のちにフランスで出版された枕草子の完訳（アンドレ・ボジャール訳、一九四三）に対する、興味深い発言もみえている。ウェイリーはそこで、ボジャールの仕事は評価しながらも、枕草子を読み味わうには、あくまで自著のスタイルに利のあること説いている。その口調からは、後年まで揺るがなかった同書への自信のほどがうかがえよう。『源氏物語』のようにストーリーに身を任せれば楽しめる作品と違って、断章の集合体である枕草子は、「どこを、どの順序で、どう読んだらよいのか」といった思案を、はじめから読者に突きつけてくる。自由と不親切さが表裏をなす作品ともいえるだろう。同じ本文が、読み手側のコンテキストしだいで、非常に豊かにも、まったく無内容にもみえてしまうため、激しい毀誉褒貶に晒されてきた歴史もあった。

その全体像を知る上で、完訳版が欠かせないことは言うまでもない。ただ、清少納言についても、古代日本に対しても、ほとんど知識を持ち合わせていない海外の読者には、何より優れた案内人が必要だった。その意味でウェイリーは、今もってかけがえのない存在であり続けている。

枕草子は読者を選ぶ――。この作品が蒙ってきた毀誉褒貶をみると、そう感じざるをえないことがある。だが、ウェイリーと枕草子との出会いは、まちがいなく幸福の部類に属していた。それはまた、誰にも容易に叶えられるような性質の幸福でもなかった。おそらくは、古今東西の書冊に精通していたウェイリーほどの人物が、あの時代にこそ実現できた、稀有なる出会いといえるだろう。

●『ピローブック』の概要

ウェイリーの『ピローブック』は、次の各章からなる。

序文（一九六〇年版）
十世紀の日本
セイショーナゴンのピローブック
ショーナゴンの性格
翻訳ノート

序章にあたる「十世紀の日本」では、作品を生み出した時代背景が概説されている。それは源氏物語の英訳を刊行中だった彼の目に、古代の日本がどう映っていたかを知る貴重な証言でもあり、稀代の東洋学者による興味深い文化論となっている。

本論の「セイショーナゴンのピローブック」では、枕草子から主に日記的な記事が選ばれ、ほぼ年代順に紹介されている。その際、一章段が通して翻訳されることは（短い章段は別にして）ほとんどなく、ウェイリー自身の解説が随所に補われている。また、時には別章段があたかも一連の文章のように繋ぎあわされているが、後半部に顕著なその「編集」は、注意して読まねば気付かないほどである。こうした積極的な本文への介入は、部分部分が「雑然と」並ぶかにみえる枕草子じたいが、必然的に求めた「読み方」ともいえるだろう。読むことが、事実上の編集行為にならざるをえないこと。ウェイリーのこうした取り組みは、古来、枕草子本文が辿ってきたであろう伝来（再編集）の過程を、髣髴させるところもある。

枕草子から浮かび上がる清少納言像は、読む者によって、極端にイメージや好悪が分かれるといわれるが、終章にあたる「ショーナゴンの性格」からは、ウェイリーの作者に寄せる思いがよく伝わってくる。彼の抱く清少納言像が、そこには適度な距離を保ちながら語られている。作中の清少納言と実在人物たる彼女との短絡を戒めつつ、ウェイリーは誠実に等身大の彼女に迫ろうとするのだ。結果的には私たちの理解とは食い違う面もあるが、ウェイリーはどこまでも彼の目を通して、清少納言を「ショーナゴン」（英訳上の呼び名）なる女性として描き切っている。「彼女」と出会えることこそが、英訳を読む楽しみといえるかもしれない。

清少納言がすでに「ショーナゴン」なる人格を与えられているように、英訳された枕草子は、もはや自立した作品といえる。それを再度日本語に戻すという行為も、従って原文じたいに戻ることにはならない。むしろ、改めて原文と読み比べたくなるような独自な世界が、そこには現出されているのだ。本書では、そうしたウェイリー流の作品世界を尊重しつつ、可能な限り訳文に生かしてゆくよう心がけた（その結果、翻訳文としては違和感のある部分もあろうかと思う）。

また、ウェイリー訳と原文との間には多くの食い違いもみられるが、当時の研究水準からやむをえない誤解を除けば、その種の齟齬こそが貴重なメッセージたりうることも付言しておきたい。詳細は本書「第Ⅲ章」に譲ることになるが、総じてそこには、読みなれた自国の古典文学が異文化として立ちあらわれてくるような、センセーショナルな再会が用意されている。外国語訳という隘路が、私たちを原文との新たな対話にいざなってくれるわけである。

●翻訳にあたって

本書では、次章において、『ピローブック』の「十世紀の日本」から「ショーナゴンの性格」までを紹介してゆく。そのさい、ウェイリー自身の「注」は本文の該当箇所に（　）で挿入し、訳者による注を左頁に付しておいた。その訳注は次のような凡例に従っている。

1、英訳に対応する枕草子の章段を、ウェイリーの用いた『枕草子評釈』（「第Ⅲ章」参照）の章段数で示してある。さらに、今日の読者への便宜を図るため、新旧の『日本古典文学全集』（小学館一九七四、一九九七、校注はともに松尾聰・永井和子）の章段数を加えておいた。

（例）「三二（42・33）段」とあるのは、「『評釈』（『旧全集』＝能因本　『新編全集』＝三巻本）」の順に、三つの注釈書の章段数を示している。なお、能因本・三巻本のどちらかに章段が存在しない場合は、「なし」と表記した（各本の詳細も「第Ⅲ章」を参照）。

2、枕草子の本文は「原文」として引用した。ただし、底本（評釈）と他の諸本とに異同が大きい場合は、特に「底本」として引く場合がある。

3、英訳と原文との齟齬、底本と諸本との差異については、重要と思われる個所のみ指摘した。各本文間の異同の詳細については、旧訳の注（「文献案内」参照）なども参照されたい。

原著 The Pillow Book of Sei Shônagon の初版は、先述のように一九二八年にロンドンで刊行されているが、ここでは一九六〇年の新装版を用いている（発行は George Allen & Unwin 社）。なお、同書の版権の所在が現時点では不明です。ご存じの方は御一報いただけましたら幸いです。

Ⅱ　アーサー・ウェイリーの枕草子

十世紀の日本

かつて『源氏物語《テイル・オブ・ゲンジ》』の英訳第一巻を出版したさい(1)、批評家たちの論評はもっぱら次のようなものでした。私の翻訳が、かくも深淵にして高度に発達した文明の存在を、初めて白日の下に晒したというのです。その文明の特異さ、つまりは底なしの耽美主義と道徳に縛られぬゆえの洗練をまとい、露骨とか力強さを厭う、彼らの暮らしぶりこそは、安閑たる泰平の歴史の産物に違いあるまいと評され、また(別の人々の目には)まさに積もり積もったデカダンスの頂点とも映ったようです。

『テイル・オヴ・ゲンジ』、そしてこのセイショーナゴンの『ピローブック』にみえるユニークな文明は、なるほどその孤立状態と平穏さのユニークな記録だと言えます。ただ皆さんは、東洋の突端にある日本の立場を、ヨーロッパ大陸と絶えず交流を持ちながらも理想的な「半孤立」を保ってきた我がイングランドと、似たようなものと考えてはいませんか。

ところが、そうした比較はほとんど意味をなしえません。日本から大陸までの距離は、我が国とフランスとの八倍もあるのですから。かのツシマ海峡を泳いで渡れる者などおりますまい。それでも幾重かの文明の波は――有史以前の農業・用具・家畜、時代が下れば中国の表意文字、インドの宗教、ペルシアの織物が――この海峡を渡っては行き

1　ウェイリーによる源氏物語の英訳、第一巻は一九二五年刊。一九三三年に全六巻が完結。

ました。しかしこと侵略に関しては、古代に何度かあった中国の海賊の襲撃、また失敗に終わった十三世紀の蒙古の襲来以外は、やはり無きに等しかったのです。ヨーロッパ、アジア大陸を見渡しても、同じような平和を満喫してきた地域などは皆無でしょう。その平穏揺るぎない幾世紀かに、フランス・ハンガリー・ポーランド・トルコの各地ではいったいどれだけの軍隊が割拠していたことか。こうして日本には、何にもましてコスモポリタンとは無縁な文化が花開いていったのです。その意味では、ローマもビザンティウムもクテシフォン[1]も、また長安[2]さえも国際都市だったといえましょう。京都の街角では、たまに目にする朝鮮人や中国人がせいぜい異国の見本です。十世紀の日本人にとって、世界とは日本と中国のことで、インドはなかば空想上の国、ペルシアなど中国との間のどこかにあるらしい、といった程度の認識でした。

七九四年、ヘイアン（時の首都、京都）に都が設立されて以来、フジワラという一族の支配の下、高度に細分化され、情緒的かつ斉一な文明が栄える所となりました。こうした社会では、誰もが似通った知識の蓄えや経験、思惑を有しているため、あからさまな形でのコミュニケーションは、もはや必要とされなかったのです。ある言い回し、おぼろげな暗示、さりげない引用、普通では目に付かない仕草が、あたかも動物同士が草原のさざ波の中で伝え合う無言のメッセージにも似て、不思議なほど器用に宮廷の人々の行動を律していたのです。

それはひたすら美的で、何より文芸的な文明でした。ただ、それだけ申し分のない教養と快活な知性を持つからには、それ相応の知的探求心が伴われてしかるべきなのですが、彼らの過去は、驚くほど空っぽに近いのです。日本の歴史自体が神話学の領域にあり、それも溯れるのはせいぜい紀元前七世紀まで。以後十五世紀を経ても、それは伝説のままでした。

じっさい、我々と古代日本人との明確な相違点は、過去に対する好奇心の強さといってよいでしょう。私たちなら、教養ある者は誰しも様々な歴史に興味を持っています。例えば多忙を極めるある商人が、嗅ぎタバコ入れやロンドンのチューダー家の、もしくは中国の翡翠の権威だったりします。片田舎の牧師が原石器に関する論文を読んでいたり、その娘が廃れてしまったフォークダンスの復元に取り組んでいたりすることもあります。けれども十世紀の日本人にとって、「古い」ということは、かび臭く、野暮で不愉快なものでしかありませんでした。「注目に値する」のは、イマメカシ（now-ish）、即ち当世風なものだけ。前代の歌の大全集（マンヨウシュウ）[4]など、ショーナゴン[5]やムラサキ[6]によって引用されることはほとんどありません。たとえあっても、その値打ちを認めるにやぶさかではないけれど当代の人のお目には適わぬもの、といった弁明が付きまといました。そのうえ彼らは、未来というものに対しても――これも我々にとっては興味の尽きないものですが――何ら関心を示していないのです。

彼らの今この時への執着ぶり、「モダン」こそが常に賛美されるべきものだったという事実は、そのまま私たちとの歴然たる相違点でした。一方、いま一つの側面である知的関心の低さ――数学・科学・哲学が（ローマ人の弄した半可通の空論さえ）不在だということ――については、一見するとそれじたい私たちと大差はないように思われます。現代ヨーロッパには科学者や哲学者がいるにはいますが、じっさいラマ教の呪文のようなその見解を理解できる者はほとんどおりません。すると私たちは、理解もできず、まして自分で作り出すことなどありえない様々な思想や思索の喧騒の中で、まどろむばかりの怠け者に過ぎないことになります。なるほど、仮に同時代になされた研究が本当にそれを理解できる者にしか影響を与えないとするならば、確かに私たちはヘイアンの人々と少しも変わらないことに

1　ビザンティウムは、東ローマ帝国の首都（現イスタンブール）。クテシフォンは、パルチアとササン朝ペルシアの首都。
2　前漢・隋・唐などの首都。現、西安市。
3　一四八五～一六〇三年に英国を統治した王家。
4　『万葉集』、八世紀中ごろまでの和歌を集大成した歌集。枕草子「集は」の段では筆頭にあげられている（三巻本は「古万葉」）。
5　『枕草子』の作者、清少納言。生没年は未詳だが、夫と目される橘則光の年齢から、九九六年の生まれと推定されている。
6　紫式部（生没年未詳）。その著とされる『源氏物語』には『万葉集』からの引歌も多い。

なるでしょう。ところが不思議なことに、物事はそう単純には割り切れないもの。完全に理解されてなどいないはずの理念が、我々の認識を新たにしたり、考えを変えたりしてしまうことがあります。例えばそれは、「アインシュタインは私にとって大切な人です」といった社交婦人のおしゃべりが、深い真理を言い当てているという程度までに。

つまり、古代の日本人が瞬間瞬間への埋没を競っていたといっても、それは我々との隔たりのすべてではなく、むしろより大きな相違は、彼らが一般に知的基盤というものを終ぞ持ちえなかったところに由来するのです。だからこそ彼らの文化は、その美的一途な側面さえ、妙に寄せ集め的な性格を帯びてしまうのでした。どこから見ても優雅で洗練された男性女性たちが、知的な面、というより趣味の問題においてすら、中世の我々の祖先の愚かさ以上の「幼稚さ」を見せていることにはしばしば驚かされます。こうした頼りなさこそが、ヘイアン時代の不思議な捉え所のなさ、二次元的な質感を醸し出しているのでしょう。人物や何やらが、時に透け透けの薄紙から切り取られてきたかのように見えることがあるのです。

宗教儀式は頻繁に行われていました。けれど、ほとんどが美的な観点に立つものでした。一般信者も、聖職者と同じように経典の朗読をこなします。厳しい鑑識眼というものが幅をきかせていて、例えば仏教の儀式に大勢が詰め掛けたとして、彼らヘイアンの信者たちは、自らの精神向上よりも講師の品定めに余念がないといった具合です。

宮中の暦は、マイムやページェントや行進で埋めつくされており、それらは異国風の厳粛さを漂わせる教派によって組織立てられていました。というのも、インド仏教は十世紀に至るまで清新な影響力を持ち続け、既に以前のように回り道することなく、中国へ（そして日本へと）届けられていたからです。

でも実のところ、この時代の真の宗教は書道への信仰だった、といったら言い過ぎになるでしょうか。しかし、字を書くということが非常に厳しく吟味された行動様式だったことは確かなのです。書の美しさは、容姿の美しさに匹敵するばかりでなく、当人の才能、というより美徳とみなされていました。「よし」という形容詞が個人に対して使われる場合、その人のおこないに対してではなく、筆づかいを指すことが多いのです。日本のロマンスでは、しばしばヒロインの筆跡を偶然目にするという事件から恋が始まっています。もし男が、彼女の筆跡を目にしないうちに恋に落ちたとすれば、彼はひたすら相手からの最初の「手の跡」を待ち焦がれることになるでしょう。さながらその思い詰めようは、ヴィクトリア朝(1)の紳士が婚約者の宗教を確かめる前の気持ちのようなもの。日本のご婦人は、グラッドストーン夫人が司教の相続問題について求められた公平さと同等に、美しい文字というものをしたためねばならなかったわけです。

古代日本人の暮らしの中では、ほかにも西洋人がほとんど目に留めないような技術が重んじられることがあります。例えば、香料の調合。私たちからすると単なる一商売に過ぎませんが、これが当時は音楽や詩と同等に位置づけられていたのです。

ただ考えてみれば、以上はあくまで程度の差に過ぎないのかもしれません。さすがに書道を信仰の域にまで高めた例は見当りませんが、それは東洋では一般に芸術とされてきたわけですし、ヨーロッパでもある時期には尊重されたことがあったのです。今世紀初頭にも、ブリッジェズ博士に師事する一派によって、イングランドの一部では書がかなり脚光を浴びたことがありました。また香を焚くことにしても、我が国ではもっぱら軽んじられてきたとはいえ、例えば雄渾を誇るノルディックの中傷をたまたま免れた地域などでは、長く行われてきたことでした。

ヘイアン時代を支配していた、宗教に対する審美第一のアプローチにしても、一部の党派に限られるとはいえ、ヨーロッパでもしばしば奨励されてきたことです。また仏教じたい、一見するとカトリック教との多くの類似点（ロザリオ・洗礼・剃髪の僧や尼僧、はては天国・煉獄・地獄に至るまで）を持っています。しかし、にもかかわらずというべき

1　一八三七〜一九〇一年のヴィクトリア女王時代。Mr. Gladstone（一八〇九〜一八九八）は当時の政治家。

でしょうか、私たちと日本人（というより極東の国の人々すべて）との間には何よりも根本的な違いが横たわっているのです。あまりに自明のことなので、絶えず見落とされてきたこと。つまり、彼らがクリスチャンではなかったという事実です。

仏教徒は、この欠陥を持った目にみえる世界が、ブッダ（これは歴史的意味合いではなく、形而上学的な呼び名ですが）とともに存在することを教えられます。ブッダ自身が、実は世界なのであって、その外側にいるわけではありません。ですから、この世に悲しみや非道があるからといって、彼を非難することはできないのです。キリスト教徒の場合（厳密にいえばセム系統の信者、イスラム教徒やユダヤ教徒）は、神を全知全能の存在として、善なるものの顕現という崇高な概念だけで理解してきました。けれど（神の創造した）この世界は、明らかによこしまなものではありませんか。では、何かが間違っているのでしょうか。我らが崇拝すべき神は、本当は悪に対して無力か、それとも無知なのか、はたまた残酷なのでしょうか。これこそが、いつの時代にもキリスト教徒の心を悩ませてきた問題です。おおやけの見解（それを拒むことは異端を意味します）など、信者たちを納得させるものではありませんでした。その葛藤がやがては苦悶となって、東洋人からみればいたずらな騒動や行動へと、絶えず西洋人を追い立てていったわけです。おかげで、彼らの思案はいやでも固い寝台の上でまどろんでいるような有り様となり、（寝心地悪い宿が旅人を夜明けに立ち去らせるように）新たな冒険に向けて、さらには目覚め前の夢想でしかないような、東洋人なら一顧だにしないような美質の発見に向けて、揺り起こされてしまうのでした。

古代日本人にみる罪の意識の欠落ぶりは、これまでもその特徴とされてきました。でも私に言わせれば、それは「悪の問題」に悩まされることがなかったとする方が、真実に近いでしょう。罪の意識なら、確かに彼らにもあったのですから。地獄は人々に向けて絶えず口を開いていました。しかもそれは日本風のデリケートな地獄などではなく、まさにダンテさながらの地獄絵[1]が、僧院の壁のみならず、みやびできらびやかな宮殿の中にまで描き込まれていたのです。ショーナゴンがこの草子を書いた時代は、まさに来世なるものが世を席捲していた時期と重なっています。九八五年、エシン・ソーズが[2]『往生要集《オージョーヨーシュー》』、すなわち「救いのための要綱」を著しました。その鬼のような伝道活動が、やがて十二世紀のホーネン・ショーニン[3]、十三世紀のシンラン[4]らによる大いなる民衆の「信仰復興《リバイバル》」として全盛を極めることになるわけです。

そして、エシンの布教が日本の宗教に新たな局面を切り開いたとするならば、同時にそれは、ヘイアン文明を結局は崩壊させてしまった反動的政治勢力とも連動していました。

エシンを最も厚く信奉した貴族は、時の支配者であるフジワラ家ではなく、タイラやミナモトといったそのライバルたちでした（タイラのコレモチやミナモトのミツナカを指します[5]。ただし、彼らは権力の中枢にいたわけではありませんから、エシンにしてもフジワラ一族の皇帝の母親から保護は受けていました）[6]。最も有力な信奉者の一人が、その無法者のコレモチだったのですが、おそらく彼は『ゲンジ』第三巻に登場するタユウ（タマカツラに求婚するほら吹き）[7]のモデルでしょう。彼は

1　Dante（一二六五〜一三二一、イタリアの詩人）の『神曲』。

2　恵心僧都（＝源信　九四二〜一〇一七）。主著『往生要集』は、次代の法然らにも大きな影響を与えた。

3　法然（一一三三〜一二一二）浄土宗開祖。

4　親鸞（一一七三〜一二六二）浄土真宗開祖。法然の弟子。

5　平維茂（桓武平氏、生没年未詳）と源満仲（清和源氏、九一二〜九九七）。ともに謡曲の主人公としてウェイリーには馴染み深かったのだろう。源信を介した彼らの仏法への帰依は、『後拾遺往生伝』（中の十五）『今昔物語集』（十九の四）などが伝えるが、時の権力者・藤原道長も、たびたび源信を法要などに招請している。

6　『今昔物語集』（十五の三九）に、源信が「三条の大后の宮（昌子内親王）」の御八講に召された話がみえる。ウェイリーの指摘は、彼女を同書（十九の十八）の「三条の大皇大后宮（藤原遵子）」と同一人物と解する旧説に拠ったか。

7　ウェイリー訳では第三巻に登場する大夫監《たいふのげん》。そのモデルとしては、肥後の豪族、菊池氏（の周辺人物）などが指摘されている（高橋和夫『源氏物語の主題と構想』一九六六）。

ある土地をめぐってフジワラ家の一人と争い、訴訟には勝てませんでしたが、相手を待ち伏せて殺してしまいました。[1] そして、その彼に何のお咎めもなく終わった、この殺人事件の顛末が、広く世間の知る所となったのです。思えばこの何世紀もの間、フジワラ一族は不思議なほどの威光に包まれてきました。領地も位も国家の役職も、彼らの下す決定はすべてが侵しがたいものであり、いかなる新手の要求さえ、迷信のように黙認されながらまかり通っていたのです。ところが今や驚くべきことに、フジワラ氏といえども太刀の一振りで「牛のようにひっくり返され、恨みを言う間もなく消え失せてしまう」ことが白日のもとに晒されたわけです。この事件は本州の最北端の地で起こったのですが、こうした国境地方では、どこでもフジワラ家の支配力が弱まりだしていました。十二世紀初頭には大きな闘争が始まりますが、[2] それは文明対野蛮といった図式ではなく——なにしろ弱々しく退廃的なヘイアンの上流社会は、その戦いの狼煙とともに消えてなくなってしまったのですから——、つまりは軍人と独裁者という長年のライバル同士の争いでした。そして、屈強な軍国主義の到来によって、子供っぽい半面シニカルでもあった古い宗教観は、一方ではホーネンの無骨で激しい教えに、また一方では「能」の熱情あふれる神秘主義に、取って代わられてゆくのでした。

私たちは、十世紀のヘイアン宮廷の暮らしぶりについて、主に二つの記録から知ることができます。つまりはそれが、ムラサキシキブのノヴェル『テイル・オヴ・ゲンジ』とセイショーナゴンの『ピローブック』です。ただ前者はフィクションですから、そのまま当時の実録と考えるには問題があります。ムラサキはそこで、とりわけ男性の世界というものを描き出してくれていますが、それは彼女が実際に感じたままというよりは、そのように描きたかった世界だといえます。彼女は、女友達のサイショー[3]のような気品と優しさを失わずにいる恋人たちを、それも男たちを夢に描いていたのです。それは、幸運にも現存する彼女の『日記』にみえる現実の暮らしぶりと、何とかけ離れていることでしょう。

一方この『ピローブック』は、事実ありのままの記録であり、少なくとも『ムラサキの日記』の十倍はありますから、[4] 内容もはるかに変化に富んだものとなっています。『ピローブック』こそが、私たちに残された、この時代の最も大切なドキュメントなのです。[5]

1　『今昔物語集』(二五の五) に「平維茂、藤原諸任を罰つ語」としてみえる。同書は諸任を俵藤太秀郷の孫とする。舞台は陸奥。
2　保元・平治の乱か。ただし年時は一一五六・五九年。
3　『紫式部日記』に登場する宰相の君。ウェイリーの源氏物語第三巻には、彼女の昼寝姿を描いた部分が翻訳紹介されている。
4　現存本における『枕草子』の分量は、『紫式部日記』の四倍程度。
5　原注はここに、コンスタブル社から発行されていた『古代日本の宮廷婦人たち』(一九二一) を紹介。同時代作品として『和泉式部日記』『更級日記』『かげろふ日記』の名があげられている。

セイショーナゴンのピローブック

セイショーナゴンは、九六六年（もしくは九六七年）にキヨハラのモトスケ[1]の娘として生まれました。キヨハラは日本の四十代目のエンペラー、テンムの系統を引く一族で、モトスケの先祖たちは代々、下層ではないけれど、かといって上流ともいえない地方長官職にありました。しかし何といっても彼らは、学問と文学への造詣の深さで勇名を馳せた一族だったのです。一家を創建したプリンス・トネリは、『日本紀《ニホンギ》』（七二〇年に完成した日本の年代記、アストンによる英訳あり）の編者のひとりでした[2]。また先祖には、ほかにナツノがいて（八三七年に薨、ウオズミの大港の創建者としても知られています）、『令義解《リョーノギゲ》』（刑法の注釈書）を著すという大業を成しています[3]。ショーナゴンの曾祖父フカヤブは、十世紀初頭を代表する宮廷詩人で、そのか弱く優美な作品は、いずれのアンソロジーでもなお異彩を放っています[4]。

モトスケはいくつかの地方官を歴任しましたが、彼もまた、ひとえに歌人・歌学者として知られていました。当時すでに理解が困難になりつつあった、『万葉集《マンヨーシュウ》』という古代の歌集の本文について講義したり、『後撰集《ゴセンシュウ》』という二番目の公的アンソロジーの撰者を務めたりしました。そして、九八六年にビンゴの地方長官に任ぜられたのを最後に、九九〇年にはこの世を去っています。

一年後、二十四歳ほどになっていたショーナゴンは、前年に宮廷に入っていた若き皇后サダコ[5]のもとへ出仕することになりました[6]。皇后は関白《プライムミニスター》フジワラのミチタカの娘で、当時十五歳。十年後にはお産で亡くなることになるのですが、その間の九九一年から一〇〇〇年までの出来事を、ピローブックは扱っているわけです。

ピローブックは回想録の部分と日記形式で書かれた部分から成ります。それらは年代順に並べられているわけではなく、「不愉快なもの」「楽しいもの」「がっかりさせられるもの」といった一連の表題のもとにあります。けれど、そうした配列もしばしば崩れ、前後の脈絡はもっぱら気まぐれなものとなっています。

ある種の日誌を付けることは、当時においては一般的な慣習でした。ピローブック（マクラノソウシ）という名前は、折々に感じたことを書き留めるノートブックの意なのです。(7) ショーナゴンのピローブックのような雑多な寄せ集めは、確かに例をみません。ただ、そもそもヘイアンの文学作品で完全な形で残されているものなどないのですから、ほかのピローブックもかつては存在したと考えてよいでしょう。ショーナゴンも、お気に入りの小説のリストをあげてくれていますが、その十一の小説のうち、現存するのはただ一つ（ザ・ホロー・ツリー）だけです。(8) また、ほかの文献か

1　清原元輔（九〇八〜九九〇）。梨壷の五人のひとりとして、『万葉集』に訓点を付したり、『後撰集』撰進の任などに当たった。なお後文に「ビンゴの地方長官に任ぜられた」とあるのは「肥後」の誤り。清少納言については17頁注5参照。

2　舎人親王（六七六〜七三五）は天武天皇の第五皇子、『日本紀』編纂を主宰。アストン（W.G.Aston）による英訳は、*NIHONGI: Chronicles of Japan from the Earliest Times to the A.D.697*（1866, London）。

3　清原夏野（七八二〜八三七）。天長九（八三二）年、私財を投じて播磨魚住の泊を修築している（『類聚三代格』）。『令義解』『日本後紀』の編纂に参加。

4　清原深養父（生没年未詳）。『古今集』以下の勅撰集に四十一首入集。彼を元輔の父と伝える記録もある（『尊卑分脈』）。

5　藤原定子（九七七〜一〇〇〇）。関白道隆一女。生年は一説に九七六年。九九〇年二月に女御、同十月に中宮となる。

6　清少納言の出仕年時は底本による。今日では正暦四（九九三）年説が有力。

7　『栄花物語』（若ば枝）に普通名詞としての「枕さうし」（当時は「の」を入れない）がみえるが、内容は不明。

8　枕草子「物語は」の章段から。ただし、その中の「殿うつり」「国ゆづり」は『うつほ物語』（ウェイリーのいう The Hollow Tree）の巻名と考えられている。また、次文に「二十以上」とされる散逸物語の数は『源氏物語』などによる限りでの算出か。

ら当時の小説の名は二十以上知ることができますが、それらも一つとして現存しない有り様です。彼女が自分のピローブックで選んだこの特異な形式、「不愉快なもの」「楽しいもの」等の見出しのもとに項目を集めてゆく形が、はたして既存の作品から示唆を受けたものなのかどうかも、断定の難しい問題です。中国の詩人、リ・シャンイン（八一三〜八五八）[1]の『雑纂』（種々雑多の記の意、『唐代叢書』でわずか二六頁の小品）という本が残されていて、そこにも同じような原理に則った配列が見られるのですが、中身はまるで異なっています。例えば次のように、作者は単なる列挙に満足するばかりです。

きっと来ないもの
　棒を手にした男に呼ばれた犬。
　一文無しの学生からお呼びのかかった芸者。
ふさわしくないもの
　ペルシア人が貧乏になること。医者が病気になること。教師が漢字を知らないこと。屠殺人が経典を諳んずること（仏教徒は殺生を禁じられているから）。
悪い印象を与えるもの
　ポロの時、馬から落ちること。上司との会食中にむせること。僧院や尼僧院で暮らしたあとで還俗すること。靴のまま他人のベッドで横になること。両親の前でラブソングを歌うこと。

　おしなべて長い逸話や回想の類を織り交ぜてゆくショーナゴンに対し、この中国の作家の方は、そっけないリストに終わっているのが分かるでしょう。ショーナゴンが彼女自身の好きなもの、気に入らないものを扱っているのに比べて、こちらは単に一般論化された名うての知識を披露してゆくだけなのです。また、彼女がもっぱら宮廷生活での経験をもとにしているのに対し、彼の題材は市場や農場から採られています。

こうした相違点があるものの、ピローブックの特異な形態には、『雑纂』の影響が取りざたされてきました。最大の難点は、その後数百年を経なければリ・シャンインの本が日本に伝来したことが確定できない所でしょうが、逆に、ある時期にその写しが一部たりとも伝わっていなかったという証明もまた不可能なのです。よって、それ自体はさして重大な問題ではないでしょう。ここでは、極めて興味深い社会史の記録として、こうした中国の書物の存在を知ってもらえればよいかと思います。

ショーナゴンは、日記を付ける人々のほとんどがそうであるように、このピローブックを、自分ひとりのためだけに書いたと言い切っています。ところが、すぐにそれは他人の手に渡ってしまいました。一〇〇二年、彼女はこう記しています。(2)

今の左の警備長官（ミナモトのツネフサ）がイセの国の総督だった頃（九九五か九九六年）、私の家まで訪ねて来たことがありました。その時、居間で彼に出してあげた敷布団の上に、偶然にも私の本が乗っていたのです。すぐに私は気付いたので、慌ててそれをつかんで取り返そうとしたのですが、結局もって行かれてしまいました。手元に戻ってきたのは、それからずっと経ったあと。

1　晩唐の詩人、李商隠（義山）。『雑纂』の作者に擬せられる。その生年は八一二年説が有力。枕草子が『雑纂』に倣ったという指摘は、近世の文献に散見するも確証はない。

2　以下は跋文（三〇一段）から。「一〇〇二年」とあるのは、源経房（九六九～一〇二三、高明四男）が本文にある「左中将」に任じられた年。

私の本が宮廷に出回り始めたのは、確かこの時からでした。

むろん、ツネフサが九九五年（もしくは九九六年）に目にして広めた本は、作品の一部に過ぎず、大部分はそれより後に書かれたものです。

日本では十七世紀になるまで、一般に印刷は行われていませんでした。ピローブックの可動活字による最初の版も、ケイチョウ年間、即ち一五九六～一六一四年ごろのものと言われています。[1] 中世の手書きの写本はたくさん残っているのですが、それらの年代は適切なのか、信頼に足るものなのかについては、十分な調査がなされていません。

宮廷に出仕した時のことについて、ショーナゴンは次のように記しています。[2]

はじめて私が皇后陛下のもとへ奉公に上がったときは、恥ずかしくて仕方がなくて、涙もこぼれ落ちる寸前でした。職務についた最初の晩のこと、皇后は三フィートの衝立てのすぐ向こうに座っていたので、緊張のあまり、彼女が見せようとしてくれた絵や本に、私は手を差し出すこともできませんでした。どんな由来がそこにはあって、作者は誰なのか、彼女はいろいろ話してくれるのですが、私の方は自分の髪がおかしくないだろうかとか、そんなことに気を取られてばかり。ランプは部屋の真ん中ではなく、すぐ近くの台の上にあって、座っている私たちを日の光よりもあかあかと照らし出していました。もう目の前のものに気持ちを集中させるだけで精一杯。少しだけかいま見えた皇后の手、とても寒い時期でしたから、着物の袖にほとんど隠れてはいたのですが、桃色をしたその美しい手に、ただもう釘付けになっていた私。経験も乏しく世間知らずだった女には、世の中にはこんな人たちもいるのかと、それが分かっただけでも素敵な衝撃でした。明け方になって急いで退出しようとすると、皇后は私を呼び止めて言いました。

まるで私が老醜のカツラギの神[3]のように、日の光を怖がっているみたいだって（この神は自分の見てくれを悲観して、昼間は身を潜め、夜の間だけ出歩くのだという）。私はもう一度身を伏せて、とにかく皇后の視界に入らないような姿勢をとりました。よろい戸はまだ開けられていなかったのに、すぐに女官のひとりがやって来て、皇后から「開けてください[4]」などと言い付かっているではありませんか。言われたまま開け始める彼女に向けて、皇后が今度は出し抜けに、

「だめね、今は」と。

そこで女官は、笑いながら下がって行くのでした。それからしばし、皇后は私と話し込んだあとで、こう言葉をかけてくれたのです。

「いいわ、やはりあなたは下がりたいようね。好きなときにお行きなさい」

そして、

「今夜また、都合のいい時間に戻ってくるのよ」とも。

自分の部屋に戻ることができたのは、ずいぶんと遅くなってから[5]。見ればきちんと片付いていて、昼なので開け放たれています。外の雪景色が、とてもきれいでした。と、まもなく皇后からの伝言が。よいチャンスだから午前のうちに出て来なさいとのこと。

1　慶長年間に刊行された木活字本（現存最古の枕草子の活字本）をさす。ウェイリー訳が刊行された頃、わが国では本格的な本文研究がようやく緒についていた（池田亀鑑「清少納言枕草子の異本に関する研究」一九二八・一）。

2　一六〇（182・177）段「宮にはじめてまゐりたるころ」から。出来事時を確固たる「過去」として語る英文の「私」は、原文のそれとは趣を異にする。また本段のように、厳密な時間軸に沿って叙述が再構成されている所も、訳文の特徴。

3　奈良の葛城山に棲むとされる一言主神。

4　原文では、掃司（かもんづかさ）の女官が中の女房に言っている。中宮の言葉ではない。

5　原文「～やおそきと（～するとすぐに）」が、時間の経過と解されてしまっている。

「雪雲のせいでたいそう暗いことだし、見られる心配もないでしょう」

私がどうにも出かけられないでいると、繰り返し伝言が届きます。とうとう見るに見かねた部屋長が口を出しました。

「いつまでここに閉じこもっているつもりなの。こんな機会はありがたく承るべきなのよ。心からあなたに来てほしいと思えばこそ、皇后陛下は伝言をよこすのだから。ここで参上しなかったら、それは彼女に対してとても失礼なことなのよ」

そこで私は、急いで皇后の御前に戻ったのでした。うろたえて狼狽するばかりの、惨めな状態のまま。

ショーナゴンは続けて、皇后のお付きの者たちの務めぶり、「中国風のクロークを床に引きずって」身を横たえた、その気楽さ、頓着のなさを描いています。

「皇后のメモや手紙を受け取ったり、手渡したりするときの彼女たちの落ち着きようといったら、もう羨ましいかぎり。少しもまごつかないで、立ったり座ったり、話したり笑ったりするのですから！　こんな人たちの中で、自分にも家みたいにくつろげる時が来るのかしら。考えただけでも震えがきてしまって……。と、まもなく『道をあけよ』という大声が。誰かが関白《プライムミニスター》さまよ、なんて言うものだから、その場は騒然となって、みんなで置きっぱなしにしてあった持ち物を片っ端からつかむや、アルコーブの方へと急ぎました」

やって来たのは関白ミチタカではなく、その息子コレチカだった、とショーナゴンは続けています。彼は皇后がご贔屓のきょうだいで、当時十八歳の若者でした[1]。

コレチカ

「この二日、私は静修期間《リトリート》（仏教徒のしきたり）[2]に入ろうと思っていたのですが、このすさまじい吹雪でしょう、あなたがどうしているか気になってしまってね」

皇后

「それは思いがけないことですわ。『道も残っていない』と思っていましたのに……」

（ここで彼女は次のような詩を引用している。「この山道に、吹雪の後は道も残っていない。その中をやってくる人のことが思われて、私の胸は哀れみでいっぱいなのだ」。ちなみに作者のタイラのカネモリは、数か月前に亡くなった人[3]）

コレチカ

「それで私が足止めされると思ったのですか。まさに『あなたの胸は哀れみでいっぱい』だったわけだね」

こうした会話くらい、エレガントなものってあるかしら。今まで読んだ小説の中の、最高にしびれる一節にも匹敵するわ。しばらくして、飾りカーテンの後ろにいるのは誰かというコレチカ卿のお尋ねに、誰かが私の名を答えます。彼はそのまま立ち上がったものだから、最初はてっきりご退出になるのだろうと思いました。ところが、あに図らんや、カーテンに近寄って話しかけくるではありませんか。彼が耳にしていたという、ここに来る前の私の評判などを。カーテン越しに見つめていただけでも、その威厳に圧倒されっぱなしだった私です。それが実際に間近で言葉をかけられた日には、ほとんど卒倒しそうでした。

お祭りや行進などのとき、コレチカ卿がこちらの車の方を見ているのではと思っただけで、横顔をちらりとでも見られてはいけないと、私たちは慌てて日よけを下ろし、扇で顔まで隠したもの。それなのにいま、恐れおののきなが

1　藤原伊周（九七四～一〇一〇）。道隆三男。清少納言の初出仕を正暦四年とすれば、二十歳。
2　「物忌み」、陰陽道のしきたり。占申された慎みの期日に家などに籠ること。
3　平兼盛（？～九九〇）。平安中期の歌人。同歌は『拾遺集』にも入る。

ら、私は当の本人を前にして座っているのです。身のほど知らずにも程がある、こんなお勤めをどうして始めてしまったのかしらと、我ながら愕然とするばかり。しかも私の狼狽ぶりを隠してくれるはずの扇さえ、彼には取り上げられてしまうはめに。私の髪は、見苦しいくらいほつれてしまっているに違いないと思うと、実際にどうかはもう別問題で、自分で取り乱してゆくのがわかるのです。その扇を指で弄びながら、これは誰の絵なのかとか、あれこれ質問してきました。その間ずっと私が願っていたのは、すぐにでも向こうへ行ってほしいということばかり。ところがカーテンを背に寄りかかったまま、よそへ行く気のないことは明白なのです。とうとう皇后は、彼の長居が私を困らせていることに気付いてくれたのだと思います。

「こちらへいらして、これが誰の書か教えてくださいな」

と、声をかけてくれました。それがどんなにありがたい一言だったことか。なのに、コレチカ卿の答えはこう。

「ここまで持ってきてよ、見てあげるから」

それでも皇后がめげずに呼び続けると、今度は、

「行こうにも、ショーナゴンが私をつかまえて離してくれないんだよ」

などと言い出すしまつ。もちろん、ほんの気まぐれな冗談ですよ。でも半端ではない私たちの年の隔たり、身分の違いを思うと、どうしていいのやら分かりませんでした。

ときに皇后陛下は、筆記体の字音表の書かれたのを、あれこれ広げて見ていたところ。

「誰が書いたか知りたければ、このご婦人に見せてごらん。この人が識別できない筆跡なんて一つもないってこと、私が請け合うから」

続けて彼は、とにかく私が答えそうなことに水を向けてきたのです。

「ショーナゴン、私のこと好きですか?」

時を移さず、皇后が訊いてきました。(1)

「まあ、どうしてそんなことお疑いになるのでしょう」

そう答えかけたとき、朝食の間で誰かさんのすさまじいくしゃみが。

「そらごらんなさい！」

皇后は大きな声で言いました。

「あなたが本当のことを言ってない証拠ね。それは私のことを想ってくれているのなら嬉しいけれど、こればかりはどうにかできるものではないものね」


翌朝、自室にいたショーナゴンのもとへ、浅緑色の紙の、とても品よくしつらえられた文が届きます。中身は次のような詩でした。

「私は知らなかった、偽りが偽りだとは知らないでいた。その声が虚空にこだまする〝真実の神〟がいなかったならば」

ショーナゴンは続けています。

「これは皇后が女官のひとりに書き取らせたもの。悔しくてたまらずに、頭の中はめちゃめちゃでした。どんなにか、あの間の悪いくしゃみをしてくれた犯人を見つけ出してやりたかったことか！」

ショーナゴンの返事。

「誰かさんの鼻に入った侵入者のせいで、薄情者と思われてしまうなんて、割に合わないわが運命よ」――ここには

1　以下は同段末尾にみえるエピソード。英訳のように初出仕翌日の出来事とは必ずしもいえない。

たくさんの地口や技巧が凝らしてあるのですが、説明は煩雑になるのでやめておきます。

かくして、ショーナゴンの宮廷勤めは始まりました。ただ、このピローブックには、彼女がもっと若かった頃の記事が二個所に見えます。九八六年、二十歳そこそこの彼女が、フジワラのナリトキ（護衛隊の連隊長と臨時摂政の補佐役を兼任していた人物）の邸で行われた仏教徒のセレモニーに出かけた時の話が、そのひとつです。[1]

「泣きたいくらい暑い日でした」と、彼女は言っています。

「それに私たちには、今日中に片付けておかなければならない用事があったので、礼拝もそこそこ聴いて帰るつもりでいたのです。なのにくるま《キャリッジ》が後から後から押し寄せてきて、抜け出せなくなってしまいました。午前の部が終わったところで後ろの車に使いをやって、これから中座する旨を伝えさせると、皆は喜んで詰めてくれたばかりか、私たちを通そうと一列になってくれました。退出時には、方々からの冷やかしに耐えなければなりませんでしたが……。ヨシチカ様（彼は別系のフジワラ氏の高官、当日の主催者の遠縁にあたる）[2]も、通りすがりの私に声を掛けてきました。

「立ち去るも結構」

一瞬その意味がのみ込めなかったのは、あまりの暑さのせいだったのかもしれません。後になってから、私は使いに次のような伝言を届けさせたのでした。

「あなただって、きっと五千人の傲慢な者たちの中に入っているのでしょう」

ここに引用されているのは（ショーナゴンは、言われた意味がそれと分からないと思われるほど不面目なことはないと考える人なのです）、実は『蓮華経』にある話で、[3]ブッダの説法の最中に五千人の聴衆が席を立ったというもの。ブッダは彼らを引き止めようとはせず、ただこう言ったといいます。

「傲慢なる者どもよ、立ち去るも結構」

当のセレモニーの初日、午前の礼拝の最後に読まれていたのが、ほかならぬ『蓮華経』のこの部分だったのです。

のちに引用句を繰り出すことの巧みさにかけては、名声をほしいままにするショーナゴンにしては、少しばかり苦いデビュー戦でした。

次の部分も、同じく九八六年の出来事かと思われます。(4)

その日も、白馬見物（最初の月の七日目に行われる、二十一頭の白馬を先頭にした行進）に連れていってもらえるのが嬉しくてたまらない私でした。家庭で暮らす私たちのような女は、ピカピカに磨いた大型車《コーチ》で宮殿まで繰り出すのが常でした。中央門の敷居の横木まで来ると、いつも皆でドシンとぶつかり合うことに。頭がぶつかると櫛が落ちて、すぐ拾わないと踏みつけられて粉々になってしまいます。衛兵所の近くには将校が大勢いて、彼らはいつも、行進する兵士たちから弓を取りあげて、その弦を鳴らしては白馬を跳ね回らせるのです。とっても愉快な眺めですよ。遠くの方には、内宮殿の門の一つを通して鎧戸が見えて、その向こうに何やら行き来する人影が。灯火か衣装の係の女性でしょうか。宮殿をわがもの顔で歩く人たちがいるなんて、驚くべきことですね！

行進はすぐ近くを通るので、兵士の顔の肌合いまではっきり見えました。そういえば、白粉をまだらに塗るせいで、(5)黒い肌がそこかしこで露わになって、まるで雪解け頃の庭の黒い斑点模様みたいになっている人もいましたっけ。笑ってしまう光景ね。でも私は馬たちがいきり立ったり暴れたりするのが恐くて、車まで逃げ戻ってしまったので、

1　三二（42・33）段「小白川といふ所は」から。寛和二（九八六）年、権大納言右大将・藤原済時（九四一〜九九五）の主催した法華八講が舞台。
2　藤原義懐（九五七〜一〇〇八）。その父・一条摂政伊尹は、済時とは従兄弟で、なおかつ道隆らの伯父にあたる。
3　『法華経』の方便品。
4　三（3・3）段「正月一日は」の一節。「里人」の視点で描かれる部分だが、年時は特定できない。
5　原文「白き物のゆきつかぬ（白粉の行き渡らない）所」が「見苦し」とされる。

その先はもう何も見物しませんでした。

これは九九四年の春、宮殿での朝食後の一場面[1]。

天皇の食事を運んできた者たちが、やがて給仕の男たちに片付けを言いつける、そんな声が聞こえてきました。少し経つと、天皇陛下が再びのお出まし。彼は私にインクの調合を命じると、すぐさま詩を書くための白い紙切れを折り畳みながら、女官たちみんなに言ったのです。

「昔の詩の一部でも、頭に浮かんだものなら何でもいいから、私に書いて見せなさい」

どんなものを選ぼうか、私はコレチカ卿に相談しました。

「私に訊かないで。すぐに何か書いて差し上げなさい。これはあなたの仕事だよ、我々男性が手伝うわけには行かないんだ」

さらに彼はインクスタンドを側に置くと、こう付け加えます。

「考え込んじゃだめ。ナニワヅ（子供が字を習うとき最初に覚える詩）でも何でも、たまたま出てきたものでいいから」

本当は怖気づくことなどなかったのですが、なぜか浮き足立ってしまって、顔はもう真っ赤です。上級の女官が二、三人、ある人は春の歌を、またある人は様々な花の歌を書いてみせました。いよいよ私の番、書いたのはこんな詩です。

「過ぎ行く年月よ。齢と一緒に凶事も我に押し寄せる。だがそれでもよかろう。花たちがこの目に映るかぎり、私に嘆きなどありえない」

ただ、「花たちが」の所は「わが君が」に代えたのですが。

「ちょっとした好奇心でやってみたんだが……」

天皇は私の作に目を落としながら言います。

「人が頭の中で考えていることを覗くのは面白いね」

そのまま話題は、次のような話に移って行きました。

「亡くなった父、エンユウ天皇[2]のことを思い出すよ。あるとき（おそらくは九八四年の頃）側近たちにこう言ったんだ。

『ここに冊子がある。各自そこに詩を一編ずつ書きなさい』

書き始めるのにひどく難儀している者もいたようだが、父はこう続けた。

『字のことは気にしなくてよろしい。それから季節に合っているかどうかもな。私だけが見るのだから』

気を奮い立たせた彼らは、まだ苦しみながらではあったが、ついに筆を走らせ始めた。その中のひとりが、何と今の関白さ！　まだ三等級のキャプテンに過ぎなかったけれどね。自分の番がくると、彼はこんな古詩を書いたんだ。

『イズモの浦に満ちている、あの潮のように、あなたへの想いはますます深まるばかり。そう、わが想いが』

だけど〝あなたへの想い〟という所は〝わが君への献身〟に代えていた。それが大いに父を喜ばせたのだよ」


ショーナゴンはそれから、人々がこれほど莫大な量の詩を当たり前に解していたことに対する、天皇の驚きようを伝えています。二十章（古今集《コキンシュウ》、つまり最初の公のアンソロジーの長さをいう）といえば、むろん相当な量です[3]。

1　二十（20・21）段「清涼殿の丑寅のすみの」から。以下の場面、主語を一条天皇とするのは底本による。今日の通説では中宮定子。
2　円融天皇（九五九〜九九一）。道隆の位（三位中将）から、ここは永観二（九八四）年の逸話と考えられている。以下の話主も本来は定子。
3　英訳はここで、村上天皇と宣耀殿女御との挿話を省略しているため、以下の文章がいささか要領を得ない。『古今集』二十巻は、最初の勅撰和歌集（九〇五年撰進）。

「私だったら、一章以上はまず無理だろうね」

天皇はこう語ったといいます。

別の部分の引用(1)

その年（九九五年のこと）の五番目の月は、初旬から暗澹とした雨模様が続きました。退屈かげんも限界に来ていたので、とうとう私は、どこかに郭公の声でも聞きに出掛けてみませんか、と切り出しました。このアイディアにはみんなも大賛成で、それならカモ神社の向こうのあの橋（カササギ橋に近い名の橋）まで行ってみましょうと、女官のひとりが提案します。日ごと郭公が鳴く所だというのです。それなら郭公 cuckoo じゃなくてコオロギ cricket じゃないの(2)、と誰かが口を挟みましたが、五日の朝、私たちは出掛けることにしました。くるま《キャリッジ》を頼んだところ、従者が言うには、この天気なら宿舎の出口で車に乗せて、北門からお連れしたとしてもたぶん咎めだてされないとのこと（宮殿の職員が使うべき東門まで歩かないで、という意味(3)）。乗れるのは四人だけです。別の車で繰り出したいと言う人たちに、皇后の返事は「いけません」。彼女たちはひどくがっかりしていましたが、それを慰めようという気も、悪く思うこともなく、私たちはつれなくも出発したのでした。馬場まで来ると、何かが行われているらしく、群集でひしめいています。何事ですかと私たちが尋ねると、競技があって、ちょうど馬上の射手が矢を放つところだとのこと。左の護衛隊の将校たちがいるというので、車を止めて見たところ、数人の六位の官人が所在なげに歩き回っているだけです。

「もう行きましょう、めぼしい人もいないことだし」

誰かが言うので、車はカモへ向けてまた出発。馴染みの道筋が、私たちをお祭り（第四の月のカモ・フェスティバル(4)）に出掛けるときのような気分にしてくれました。やがて着いたのは、アキノブ卿（皇后の母方のおじ、母方の家柄は比較的低かった）[5]の家。降りて見ていきましょうよ、と言い出す人がいます。かなり素朴で鄙びたものばかりが並んでいて、パネルに描かれた馬の絵、竹を編んだ屏風、草で編んだカーテンと、どれもこれもが、わざと時代遅れを気取っているような所でした。家そのものは、貧相でひどく狭苦しいとはいえ、それなりに感じの良いものでした。郭公はというと、もう耳をつんざかんばかり！　残念でならないのは、皇后に聞かせてあげられないこと。それに、あれほど来たがっていた人たちのことを思うと、本当のところは気も咎めてきたのです。

「現場の作業を見るのは面白いものですよ」

そう言ってアキノブは、脱穀した稲らしきものを持って来させると、数人の娘たち――それもかなり身奇麗で品も悪くない娘たち――と、近所の農場から来たと思しき者たちによる、稲扱きの実演を見せてくれました。それは五、六人でやる仕事なのですが、殻粒がぐるぐる回る機械のようなものに入れられるとき、二人の娘がそれを回しながら歌う珍妙な歌に、みんなで思わず吹き出してしまって、もう郭公どころではなくなってしまったのです。やがて軽食が、

1　八六（104・95）段「五月の御精進のほど」。定子が「職の御曹司」に滞在しているので、事件時は長徳四（九九八）年と考えられる。英訳は底本に従って同元（九九五）年とするが、元年と四年とでは（伊周らの左遷前と召還後にあたる）定子を取り巻く政治状況が大きく異なる。

2　原文「ひぐらし」。あえてcricketと訳すのは、「（ほととぎすが）ひごとに鳴くと人のいへば、それはひぐらしなりといらふる人もあり」という地口のニュアンスを伝えようとしたためか。ウェイリーの『源氏物語』では、cricketは「きりぎりす」の訳語としてみえる。

3　ウェイリーの注する「東門」は（後文によれば）上東門（土御門）をさすらしい。英訳では作者たちの居場所が明らかでない（原文では職の御曹司）。

4　上賀茂・下賀茂神社の祭礼。四月（中の酉の日）に行われた「葵祭り」。

5　高階明順（?～一〇〇九）。定子の伯父。

中国の絵にあるような風変わりな古い足付きの盆に載って運ばれてきました。中身には誰も興味がないといった様子に、主人が言います。

「素朴な田舎料理です。もしお気に召さないようでしたら、こんな所でも、お口に合うものが出てくるまで幾度なりと私や召使いの手を煩わせてやって下さい。都から来た方々が遠慮するのはおかしいですよ。シダの新芽を、さあ。この手で摘んできたのですから」

「それじゃあ私たちに、並んでお盆を囲めっていうのですか。大勢で座りながらとる女中の夕食じゃあるまいし」

こう言い張る私に、主人は、

「盆を手にとって回して下さいよ」

……そうこうして笑い騒いでいるところへ、従者のひとりが入ってきて、雨になりそうだとの知らせです。私たちは、急いで車まで戻ることになりました。出る前に郭公の詩を作らなければ、とは思いましたが、みんなは車の中でもできると言うのです。発車前には、めいめい白い花の枝振りの大きいのを手折って、車に飾り付けました。窓や脇を大きな花房で覆ったので、まるで白い紋織りの巨大なキャノピーが屋根にかかっているようです。馬丁たちもすっかり夢中。歓声をあげながら、我先に隙間という隙間に花のついた大枝を挿し込み始めます。帰り道、私たちはこれを誰かに見せたくてたまらなかったのですが、一人二人、見苦しい法師やつまらぬ者たちとすれ違うほかは、人っ子ひとり行きあたりません。帰宅まであと少しというとき、こんなに華麗な様を誰にも見てもらえずに一日を終えるのはあんまりだということになって、第一区のお屋敷で車を止めて、キャプテン（フジワラのキミノブ、皇后の縁者で当時十八歳）[1]に、今しがた郭公を聞いてきた所だと伝えました。聞く所によると、彼はしばらく非番だったので、寛いだ格好をしていたらしく、すぐに宮廷ズボンをはくから少々待ってほしいとのこと。それはできないわと答えて、私たちが東門へ向かいかけたその時、突如として道路にあらわれたキャプテン、何と走って車を追いかけてきたのです。きっと驚異的な速さで着替えたのでしょうけれど、帯はまだ走りながら結んでいました。その後ろで息を切らしているのは、裸足のまま慌てふためく、着付け役と下男たち。かまわず行ってちょうだい、馭者にはこう命じたので、息も絶え絶えの彼らがよろめきながら追いついたのは、私たちが門に着いたあとでした。ここへきて初めて車の飾りが彼の目に入ったようです。

「こりゃあ、妖精の花馬車だね。(2)本物の人間が乗っているなんて思えないよ。もしそこにおいでなら、降りてきて自分たちの姿をご覧なさい」

こう言って笑うのでした。

「ところでショーナゴン、今日はどんな詩を作ったの？　それを聞かせてもらいたいね」

「皇后さまのために取ってあるのよ」

私が答えたとき、雨はまさに本降りに。

「いつも不思議に思うんだが、ほかの門はどこもアーチ付きなのに、どうしてこの東門にはないのだろう。こんな日は本当に難儀するよ」

彼はそう言ってから、

「さて、どうしたものかな。あなたたちに追いつきたい一心で飛び出してきてしまったものだから……」

「何を言ってるの、一緒に宮殿までいらっしゃいよ」と私。

「エボシ（柔らかい山高のキャップ）のままで？　何を言いだすのかと思えば」

「あなたの帽子《ハット》、誰かに取りに行かせればいいわ」

1　藤原公信（九七七～一〇二六）。為光の六男で、道隆らの従弟にあたる。長徳四年当時は二十二歳、一条大宮の邸に住んでいた。

2　「妖精の花馬車」云々は、原文にはない説明。

ところが雨脚はいよいよ激しく、雨具なしの従者たちは、さっさと車を引き入れてしまいました（車を引く牛は、宮殿の門で頸木を外さねばならなかった）。まもなくキャプテンの部下のひとりが、屋敷から傘を持って迎えに到着。いまやその中へ退避の身となった彼は、しぶしぶ足を引き摺って帰途につくことになりました。来たときの慌てぶりとは打って変わって、何度も立ち止まっては振り返り、肩越しにこちらの方を見やりながら。片手に傘、もう片方には一房の白い花といった姿は、おもしろおかしい眺めでした。(1)

宮殿に戻ると、皇后がその日の冒険談を催促します。置いてきぼりをくった女官などは、初めこそかなりご機嫌斜めでしたが、キャプテンが私たちを追って第一区の大通りを駆けてきた、その様子を話して聞かせると、もう笑いをこらえ切れません。やがて、皇后が詩のことを尋ねてきたので、私たちはひとつもできていない旨を釈明するはめになりました。

「何て残念な話でしょう」と皇后、

「宮廷の殿方たちは、あなたたちの遠出をきっと聞きつけるわ。そうなれば、何かしらの成果を期待するのが道理よね。その場で何か書くのが決して易しくはないこと、私だってよく分かります。こういうことってあまり真面目に考え過ぎると、かえって興をそがれるものだしね。でもまだ遅くはないわ。何か書いてごらんなさい、いますぐ。あなた方ならきっとできるわ」

おっしゃることはいちいち御尤も。でもいよいよこれは辛い仕事になりました。キャプテンの使いが手紙を持ってやってきた頃にも、まだ私たちはどうしたものかと思案中だったのです。手紙は白い花の模様が押された薄紙にしためられていて、私たちの車から手折っていった、あの小枝に結んでありました。

彼の詩——「この度の旅のこと、聞いていればよかった。そうすれば私の心はあなたと御一緒できたのに。郭公の歌声を尋ねていった、あなたと」

使いを待たせたままの私たちを、見るに見かねた皇后が、自分の筆入れをこちらの部屋まで回してよこしました。蓋の中にそっと入れられた紙と一緒に。(2)

「あなたが書きなさいよ、サイショー」

けれど、彼女の方では私が書くものと決めてかかっているのでした。そうこう言い合っているうちに、空はにわかに暗くなり、滝のような大雨が。そのうえ耳をつんざく雷鳴まで轟いてきたものだから、詩どころではなくなってしまった私たち、すっかり気も動転して、ばたばたと走って鎧戸や扉を閉めて回ることになりました。嵐がしばらく続いて、ようやく雷の間遠になった頃には、すっかり日も暮れていたのです。とにかく返事を何とかしなければと、みんなで話している所へ、次々と来客が押し寄せます。誰も彼も嵐のお見舞いを言いに来るので、私たちが出て応対しないわけにはいきませんでした。ひとりの廷臣が、詩というものは特定の誰かに宛てられた時にだけ返事すればいい、(3)なんて言うものだから、私たちもこれはもう打ち切りね、と決めてしまったのです。今日は詩には縁起《カルマ》が悪いようだから、遠出のことには触れないでおいた方が良さそうです、私がそう言うと、

「詩のひとつやふたつ、出掛けた人たちでひねり出せないなんて、私にはまだ納得が行かなくてよ」

と皇后は怒ったふり。

「詠めないわけじゃないのよね、きっと詠む気がないのだわ」

「もう時も経ってしまいましたし、こういうことは興が乗ったときでないと」

「興が乗るですって？　ばかをおっしゃい」

1　原文では、公信は従者に傘をさささせている。
2　定子がよこしたのは「硯箱の蓋に乗せられた」紙。ちなみにこの公信の歌、三巻本では「おぼえず（忘れた）」とされている。
3　原文は「名指しで歌をもらった人（＝清少納言か）が返歌すべきだ」の意。

皇后は声を荒らげましたが、もうそれ以上はとやかく言いませんでした。(1)

二日後、サイショーが例の遠出のことを言い出して、アキノブが「手ずから摘んできた」シダの新芽の話になりました。ほかの何よりも、食事のことが鮮明に頭に焼き付いていると思しきサイショーを、皇后は面白がって、散らばっていた紙の一枚を拾って書きました。

「サラダの思い出は、彼女の頭から離れない」

そして私に、この詩の前半を作るように言うのです。

「彼女が聞きに出掛けた、郭公の歌声よりも」

私がこう書くと、

「やれやれ、ショーナゴン」と皇后は笑って、

「あなたときたら、よくもまあ郭公のことなんか持ち出せたものね。考えられなくてよ」

これは私にはかなりこたえたのですが、思い切って言葉を返しました。

「少しも後ろめたいとは思いません。自分がその気になった時にだけ詩を作ろうと、私は決めているのです。もし、詩の機会があるたびに叱られて作れと言われるのでしたら、これ以上あなたにお仕えするわけには行かないでしょう。そんなふうに要求されると、私は音節さえ数えられなくなり、春に冬の歌を書いているのやら、秋に春の歌を書いているのやらも分からなくなってしまうのです。(2) 私の家系に詩人が大勢いるのは承知しています。もちろん、こうした機会があって、あとで人から『やっぱり彼女の詩は最高だね、でも驚くことはないか、あの父親にしてこの子ありだ』なんて言われれば素敵でしょう。でも実のところ、そちらの方面には取り立てて才能など持ち合わせていないものですから、何かにつけて先頭に押し出され、あたかも天才みたいに振る舞わなくてはならないなんて、いやでいやで仕方ないのです。自分が父の名を汚しているように思えてしまうんです!」

これを私は真剣に訴えたのですが、皇后は笑っていました。でも彼女は、私の好きなようにしなさいと言ってくれて、二度と自分から今度みたいな要求はしないことを約束してくれたのです。ほんとうに肩の荷が降りる思いでした。

……ある晩遅くのこと、コレチカがやってきて、女官たちに詩を書かせるべく題の発表を始めました。みんなは大喜びで、たくさんの詩ができて行きます。私は、その間ずっと皇后と別な話をしていました。やがてコレチカもそれに気付いて、どうして皆と一緒に作らないのかと訊ねてきたのです。

「こちらへ来て題をとりなさい」

と言うので、これには特別な訳があって、詩を書くのをやめているのだと答えました。それでも彼は、なかなか承知してくれません。

「妹がおまえにそんなことを許すはずがない。こんな馬鹿げた話は聞いたことがないぞ。よかろう、ほかの時はおまえの好きにしても。だが、今夜だけは作ってもらおう」

けれども、私は取り合わずにいたのです。ほかの女官たちの作が審査される段になると、皇后から小さな紙切れが回されてきました。そこにはこんな詩が。

「あの有名なモトスケが末と思しき彼女、ひとりだけ、今宵の盛大な歌の大会に加わらないつもりだろうか……」

私はこう返しました。

「ほかの誰かの子供でさえあったなら、まっ先に今宵の歌会に参加したであろう、この私です」

それから皇后に言ったのです。私がもし私以外の誰かだったら、何千の詩なりと喜んで作って差し上げたでことしょう、と。

1　以下、本段末尾まで、清少納言と定子のやりとりが原文のそれと著しく印象を異にするところ（第Ⅲ章参照）。
2　原文では「字数がわからないとか、季節はずれの歌を詠むとか、そこまでひどくはないけれど……」という弁明。

この郭公探訪の数週間前に、皇后の父、関白《プライムミニスター》ミチタカは四九歳の若さで亡くなっていました[1]。通例に従うならば、長男のコレチカが後を継ぐところでした。というのも日本における一種の王政は、フジワラ氏によって、それもミカドに犠牲を強いたうえで、既に確立されていたからです。確固たるルールにのっとる扱いだったとはいえ、ミカドは彼らの政略の持ち駒にすぎませんでした。ところが、ミチタカの兄弟のミチナガ[2]はいまだ壮年、政治家としての資質も甥のコレチカを遥かに凌ぐとあって、その継承権を何とかして自分の一家へ奪い取る腹づもりだったのです。そのためには、コレチカが不利になるように人々を扇動し、できればその妹、皇后サダコの信用をも失墜させて、彼自身の娘に取って代わらせる必要がありました。折しもコレチカは、かのゲンジがオボロズキとの不遜なあやまちから敵に非難の口実を与えてしまったように（『神の木』参照[3]）、自ら破滅を招くべく格好の材料を、相手方に提供してしまうことになるのです。

いま、話は九九五年第四月の時点ですが、コレチカがいかにして敵に願ってもない機会を与えたかを知るには、あと何年か遡る必要があります。九八四年、エンペラー・カザン[4]が十六歳で王位についた時のこと。ときの関白《プライムミニスター》カネイエ[5]は、この新天皇は年齢からして都合の悪い相手であるとの結論を、早くも下していました。彼は、当時まだ十歳そこそこの孫娘、サダコを皇后に据えたかったのです。二、三年待てば彼女の入内は可能でしたが、正式な立后となると、まだかなりの年数を要します。その間には天皇も思慮分別を持ち、おさえ切れない年齢に達してしまうでしょう。そこで、カザンに代えてその従弟、後のエンペラー・イチジョーを立てるべく陰謀が画策されました（彼は当時わずか四歳、母はカネイエの娘）。問題は、どのようにカザンを説得して退位させるかにかかっていたわけですが、好機は九八六年に訪れます。後宮女官のひとり、フジワラのツネコという人（カネイエの兄弟であるタメミツの次女[6]）が急死したのです。カザンの悲しみようは尋常でなく、そそのかすには絶好の精神状態にありました。カネイエの息子のミチカネ[7]が宮殿に出向き、人の世の無常について切々と語った後、自分は仏門に入るつもりだから、あなたも王位の虚栄など捨てて一緒に隠遁生活に入るよう促したのです。カザンは同意こそしましたが、即座に正式な退位を表明する気はありませんでした。心変わりを恐れたミチカネは、レガリアを取りまとめ、自分の手で次なる相続人の所へ受け渡してしまったのです。

ミチカネは天皇を郊外の僧院に伴い、彼が剃髪を受けるまで傍らで見守っていました。ところが自分の番が来るや、その前に都に戻って父の許しを得なければと言い出したのでした。

謀られたと悟ったカザンは、その場に泣き崩れました。覆水は盆に返らず、残された道は忍従あるのみです。表向き、彼は花山寺の僧になりました。しかし、その剃髪姿が夜な夜な京都に出没している、との噂も立ちはじめるのでした。カザンの退位は九八六年。九九五年には（これはショーナゴンの描いた郭公探訪の年）、彼はしばしばお忍びで、故・高等鷹匠タメミツの邸[8]に出入りしていると言われていました。ほかでもありません、それはショーナゴンの車を大路まで追いかけて、「キャプテン」（フジワラのキミノブ）が駆け出してきたあの屋敷なのです。

1　道隆の薨去は長徳元（九九五）年四月、四三歳。年時の齟齬については39頁注1参照。
2　藤原道長（九六六～一〇二七）。兼家五男、道隆の弟。
3　ウェイリー訳『源氏物語』第二巻（賢木）。光源氏と朧月夜との密会が、右大臣方に発覚している。伊周配流の事情を伝える『栄花物語』は、むしろ『源氏物語』の設定に影響を受けたと思われる。
4　花山天皇（九六八～一〇〇八）。永観二（九八四）年即位。寛和二（九八六）年に出家、譲位。
5　藤原兼家（九二九～九九〇）。道隆らの父。孫にあたる懐仁（後の一条、母は詮子）の即位を画策した。
6　藤原忯子（九六九～九八五）。為光女、花山天皇の女御。訓みは「よしこ」ほか諸説あり。本文の「九八六年」は花山出家の年で、忯子の死から約一年後のこと。両者を強く結びつけるのは『栄花物語』。
7　藤原道兼（九六一～九九五）。兼家三男。以下のような彼の暗躍は『大鏡』が伝える。
8　「五月の御精進のほど」の段にみえた「一条殿」（故為光邸）。英訳の呼称は『栄花物語』（みはてぬ夢）にみえる「鷹司殿」との混同か。同段の年時については39頁注1参照。

コレチカが敵方に格好の口実を与えてしまったと、先に書きましたが、それは九九六年の最初の月、つまりは父の死から一年も経たぬうちの出来事です。彼はしばらくキミノブのきょうだいの一人と恋仲にあったのです。しかも、先帝カザンが自分の恋路の邪魔をしていると思い込んでしまいました。そこで、弟のタカイエ[1]とともにキミノブの屋敷の外で待ち伏せして、そのお忍び姿が暗闇から出てくるなり、弓で射かけたのです。カザンは足に傷を負ったものの、ほうほうの体で僧院まで逃げ戻りました。この話が漏れ広まることで、兄弟ふたりは、聖職と皇族への冒涜だという非難に晒されることになります。こうした暴行を受けてしまうことじたいは、王族としても僧侶としても決して誉められたことではないのですが、当時の一般感情として、王権と聖職の不可侵性に関しては強い思い入れがあった

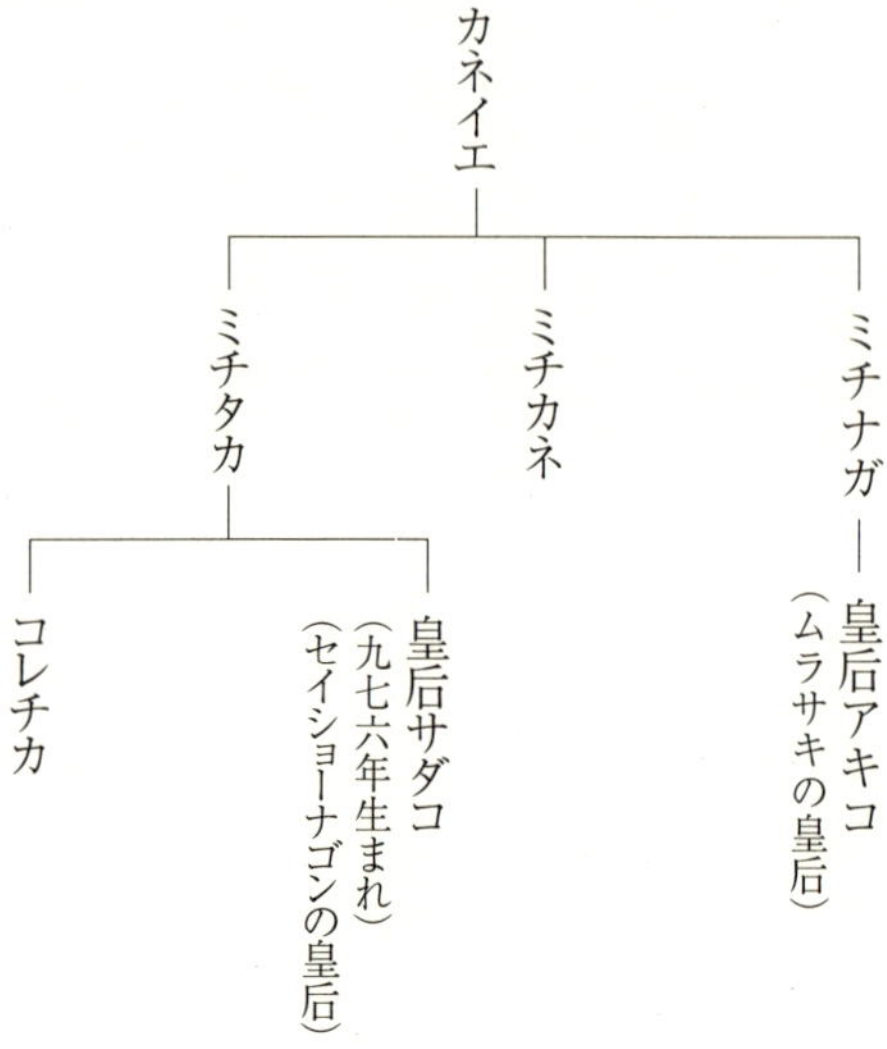

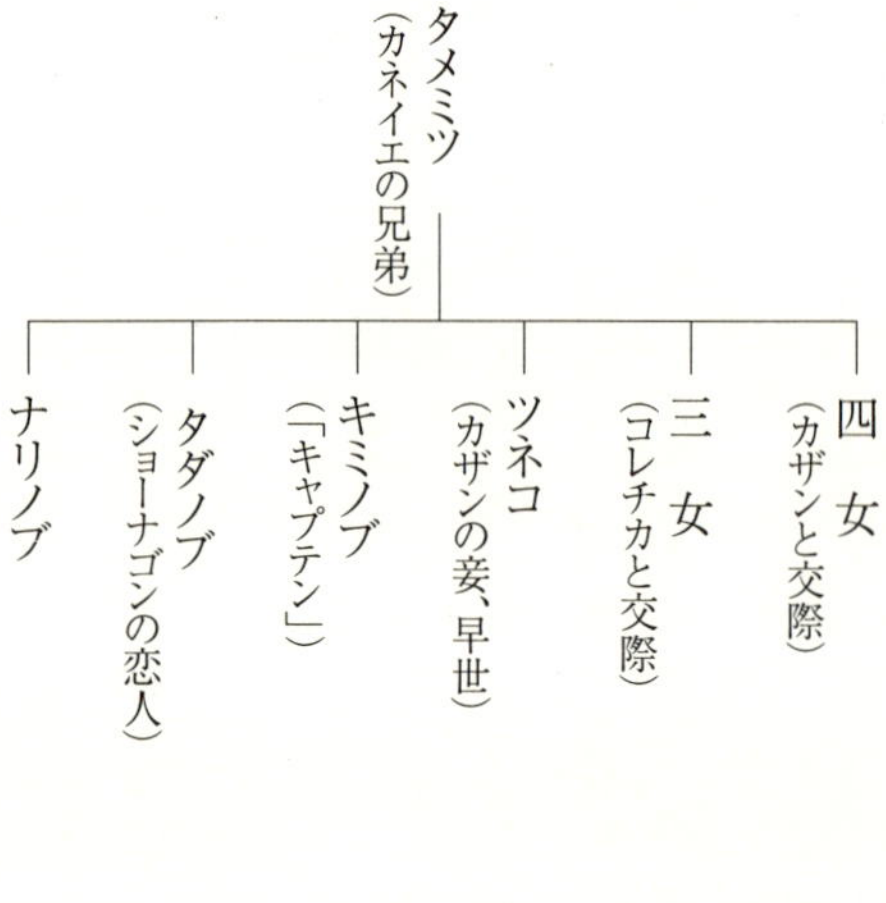

長女（名前不祥）もいたが、ここには登場しない。

ため、ごうごうたる非難のなか、コレチカは九州へ、タカイエは出雲へと追放されてしまいました。皇后サダコも、少なからず兄弟の汚名の巻き添えを食ったものと思われます。九九六年第三の月、彼女は宮殿を去り、自分の屋敷「第二区の小御殿」に移っています。[2] ただし、この転居には正当な理由がありました。彼女は身ごもっていたのであり、身重の女性は宮殿に留まることを許されなかったからなのです。

騒動がすべて収まってから、はじめてコレチカはことの真相を知りました。カザンが第一区に通ったのは、噂に聞いていたように三女が目当てではなく（噂とは、えてして細部など問題にされないもの）、彼が目もくれなかった四女の所だったのです。

青年貴族たちの追放、そして皇后サダコの退出は、いずれにせよセイショーナゴンを深く悲しませずにはおかない出来事でした。ところが彼女自身は、思いがけない形で事件に巻き込まれてゆきます。数年来、彼女はキミノブの兄、タダノブと気ままな恋仲にありました。[3] 自分のきょうだいと先帝とのスキャンダルが暴露されたことに、タダノブは当然のように激怒し、公然とコレチカを非難する側に回ったのです。誰もが神経を尖らせていたその時に、どうやらショーナゴンが、その恋人に代わって怒りをあらわにしたことがあったらしいのです。

何にせよ、彼女は「あちら方」であると見做されてしまい、皇后が第二区へ移った後も、どっちつかずの辛い状態のまま、兄弟の家に留め置かれたのです。

1 藤原隆家（九七九～一〇四四）。伊周の弟。記録によれば花山院を射たのは彼らの従者。以下は『栄花』によるも、所々に誤解がある。

2 三月に定子が移ったのは、道隆が新造した「二条北宮」（英訳は後出「小二条殿」と解したか）。伊周らの追放は、その二か月後である。

3 藤原斉信（九六七～一〇三五）。為光二男。以下の説明はウェイリーなりの解釈によるところが大きい（斉信が道長に組したのは冷静な政治判断からだろう）。また、右の系図にある兄「ナリノブ」は誠信（さねのぶ）のこと。

そうした日々は、およそ四か月も続きました。しかし九九六年の秋のこと、とある左の護衛隊長が[1]ショーナゴンのもとを訪れて、こう伝えました。自分が皇后の侍女たちと話した感じからすると、皇后はショーナゴンの帰参を待ち望んでいるようだと。

「とにかく行って会っていらっしゃい。テラスの前の牡丹が、中国風の風情をうまいこと醸し出していますよ。きっとお気に召しましょう」

こう言われても、

「とんでもないわ。私のことをあんなふうに思っている人たちのいる所になんか」

と、答える彼女でした。

けれどもそのうちにショーナゴンの気持ちも和らいで行き、ほどなくして、その姿が小御殿で見かけられるようになりました。彼女はこう記しています。[2]

私が部屋を出て、ひそひそ話をしている女官たちの横を通りかかった時のこと。「ミチナガ側についている」といったような言葉が耳に入りました。けれど彼女たちは私に気付くや話すのをやめて、敵意もあらわにじりじりと後ずさりして行くのです。私はそこで、御前に参上するのはやめようと心に決めたのでした。そのまま数週間が過ぎて、戻るようにとの催促は何度もありましたが、私は出向きませんでした。どうせ皇后の取り巻き連中が、あいつは敵側の人間だとか何だとか、いいかげんなことを彼女に吹き込んでいるに決まっていると思ったからです。しばらくは皇后も、私のことなんかすっかり忘れてしまったかのようでした。

ショーナゴンの語る所によれば、ようやくにして、小御殿から手紙を携えた使いがやってきました。開いてみると山つつじ《アザレア》の花びらが一枚、紙に包んでありました。紙には何も書かれていなかったのですが、花びらの方に「愛しい人、久しい沈黙」とありました。（これは次の歌からの引用。「地中に潜ったとて流れの絶えぬ川のように、わが思いは、久しい沈黙にも、また愛に満たされてときめくのだ」。そのうえ、つつじというのはクチナシ色の名で知られる黄色い花で、クチ・ナシとは「口が無い」「口がきけない」の意だった。よって、つつじは沈黙を意味することになる。）

ときに、感極まったショーナゴンの身には信じがたいことが起こりました。返事を書こうと腰を下ろしたところ、皇后が引用した詩の、はじめの文句が浮かんでこなかったのです。それが思い出せないということは、たったいま晴らされた嫌疑に勝るとも劣らぬほどのゆゆしき事態。ミチナガ方につくのは軽率なことでしょうが、文学の引用を取り違えるなどというのは、それこそ恥ずべきことなのです。幸いたまたま部屋にいた男の子が(3)、ショーナゴンが厄介な語句に手を焼いているのを聞きつけて、

「地中に潜ったとて流れの絶えぬ川のように……」

と、甲高い声で教えてくれたのでした。

ショーナゴンは続けています。

参上して皇后と顔を合わせる時のことを思うと、私は不安でたまらなくて……。皇后陛下は初対面のふりをして、私のことを新しい女官かしら、なんて訊くのです。それからこちらを向いて、

「私が使ったのはつまらない詩だったわね。でも、とにかくこの気持ちは伝えなければいけないと、ずっと思っていました。あなたがいない間、いつも私はやりきれなかったのよ」

1　底本「左中将」による。今日では三巻本「右中将」に従って源経房と解されている。以下は一二四（146・137）段「故殿などおはしまさで」から。

2　以下、原文では改めて里下がりに至った原因を説明するところ。叙述の事件時は前後する。

3　底本「ちひさき童」。女童だろう。

とのお言葉。この瞬間、すべてが元どおりになったと実感しました。そこで私は、その詩の出だしが、男の子に教えてもらうまで、どうしても思い出せなかったと白状したのです。皇后はとても面白がって言いました。

「そういうものですよ。ありきたりの文句に限って、人は忘れがちなのよね。ついつい甘くみてしまうせいかしら……」

皇后の兄弟たちの追放は、さほど深刻な事態には至りませんでした。コレチカは九九六年の晩秋、ひそかに都に戻り、九九七年の春には兄弟そろって正式に召還されています。皇后サダコの出産を祝っての、大々的な恩赦によるものでした。[1]

同年の夏、サダコとその女官たちは、幼いプリンセス、オサコ[2]を連れて皇后御殿に戻りました。

次は九九八年の記事から。[3]

西の脇部屋で不断の礼拝が行われるというので、例によって、そこかしこに大勢の僧たちが詰め掛けて、ブッダ像を掲げたりしていました。その二日後のこと、ベランダの方から何やら奇妙な声がします。

「捧げ物の、おこぼれがあるはずだよねぇ」

僧のひとりが、まだそんな時間ではないと答えていました。いったい誰かしらと思って外を見ると、年老いた尼さんです。かなり幅が狭く短めの汚れきった狩りズボンに、外套《クローク》のようなものを着ているのだけど、そのクロークも腰下五インチもなくて、同じくらいに汚いのです。曲芸の猿みたいな服装と言ったら、ぴったりかしら。

「彼女、何を言っているの?」

私が訊くと、その尼は妙に気取ったしわがれ声で、自分はブッダの使徒だなんて言い出すしまつ。

「仏様の余り物をと、お願いしているんです」と彼女、

「なのにこのお坊さんたちときたら、物惜しみして何もくれやしない」

その声は上品で、物言いもまた、かつて上流社会に出入りしていた者のそれを思わせました。貴婦人がかくも浅ましい境遇に陥ってしまったのかと思うと、気の毒で仕方ありませんでした。彼女はきっと仏の聖なる残飯以外は口にしないのね、それが宗教上の食養生なのだわ、私がこう言うと、それを尼は嘲笑と受け取ったらしく、言下に怒鳴ったのです。(4)

「それ以外何も口にしないだって！　言っておきますがね、もっとましなものが手に入るのなら祭壇の残り物なんか食べるものですか！」

そこで私たちは、果物や幅広のケーキやらを籠に入れて彼女に与えました。すっかり満腹になると、尼はがぜん饒舌になってきました。若い娘たちなどが、やれ恋人はいるのかとか、家はどこなのかといった質問でからかいます。彼女の答え方は軽快そのもの、下品というわけでもありません。誰かが、歌や踊りはできるのかと訊くと、長いバラッドを歌い出しました。

「今夜は誰と寝ようかな？　ヒタチの長と寝ようかな？　だって彼氏の肌ったら、さわるととっても気持ちいい」

歌はこれだけで終わりません。続きはこう。

「オトコ山の、峰のもみじ葉くらいに多いもの、あたしの恥ずかしい秘めごとを、囁いている舌の数」

歌いながら、彼女は信じられない格好で首を左右に回すのです。いいかげん私たちも辟易してしまって……。追い払

1　実際は女院詮子の御悩による大赦。「出産を祝って」とするのは、第一皇子の誕生を繰り上げて召還理由にあてた『栄花』の影響か。
2　修子（しゅうし／のぶこ）内親王。長徳二（九九六）年十二月に誕生（～一〇四九）。
3　以下は七五（91・83）段「職の御曹司におはしますころ、西の廂に」から。
4　原文では英訳と異なり、妙に華やいでみえるこの女法師に初めから皮肉な目が向けられていた。

うなら何かやってからにした方がいい、と誰かが言うと、それが皇后の耳に入りました。

「あなたたち、彼女を見世物みたいにして平気なの」

と、大層なおかんむり。

「それにあの歌、もう私には耐えられなくてよ。耳を塞がずにはいられないわ。さあ、このクロークを取らせて、一刻も早く追い返しなさい」

「皇后陛下からのクロークです。あなたのは汚れているから、新品に着替えたらさぞかし気持ちいいはずよ」

私たちがそう言って投げてやると、尼は深々と頭を下げて受け取ってから、それをさっと肩に掛けて、ダンスらしきものを踊ってみせます。でも、もうみんな片時も付き合ってはいられず、中へ入ってしまいました。

それからというもの、彼女は頻繁にやって来ては、あの手この手で気を引こうとするのです。「ヒタチの長」と呼ばれるようになっていました。でも相変わらず汚れたクロークを着ていたので、あげた着物の方は処分でもしてしまったのかと、みんな訝しがっていました。彼女がすでに私たちの楽しい話題ではなくなっていた頃のある日、ウコン[1]という天皇の女官が皇后の部屋へやってきました。そこで皇后の口から、宮殿に来る奇妙な老女と私たちが仲良くなったという話が出たのです。コヒョーエに「ヒタチの長」の物真似までさせたものだから、

「この私にも、いつか見せて下さいな」

と、ウコンの声にも力が入ります。

「本当に会ってみたいわ。彼女を横取りする気じゃないか、なんて思わないでね。よく承知しているわよ、あなたたちのお手つきだって」

ところがこの一件の直後、体が不自由ながら行儀よく、品も悪くない別の尼がベランダ越しに声を掛けてきて、私たちに施しを求めたのです。物乞いすることに、心底恥じ入っているような様子に、みんなは同情を禁じえませんで

した。着る物を何枚か与えると心を込めて深々とひれ伏す彼女、前の尼と比べて、態度の違いようといったら！　感謝の涙を浮かべた彼女が、立ち去ろうとしたちょうどそのとき、「ヒタチ」が現れたのです。その尼を見て、嫉妬をあらわにしたヒタチ。それからというもの、もう私たちの所へは来なくなったのでした。[2]

セイショーナゴンと懇意の友に、フジワラのユキナリがいました。一の恋人であるタダノブの従兄にあたります。[3]

ユキナリ卿が、私たちの所にやってきたある日（九九八年第三の月、ユキナリ二十六歳のこと。彼は一〇二七年に五十五歳で薨去、コーゼイとも呼ばれた）[4]、随分と長い間、外で誰かと話し込んでいました。

「誰だったの？」

ようやく姿を見せた彼に訊くと、

「ベンのナイシ（皇后の侍女のひとり）です」[5]

とのこと。私はびっくりして聞き返しました。

1　「右近」は主上付きの女房。次文の「小兵衛」は中宮女房。

2　原文では「誰かは思ひ出でむ（誰が思い出すものか）」と続く。「常陸のすけ」へのこうした激しい感情表出は、続く「雪山の話」（英訳では省略）への連繋節となっていた。

3　藤原行成（九七二〜一〇二七）は義孝の子だが、「祖父伊尹・養子」という記録によれば、「斉信と従兄弟」の関係になる。ただし行成の方が五歳年少。

4　以下、四五（57・47）段「職の御曹司の西おもての立蔀のもとにて」から。当段の事件時は、前半が長徳三（九九七）年、後半が長保二（一〇〇〇）年と考えられている。行成の没年は万寿四（一〇二七）年で五十六歳。

5　底本「弁の内侍なり」による。今日では「弁侍ふなり」の本文で、「弁」を行成の自称と解す。

「いったい何を話していたの？　あんなに長いこと。大事務局の書記さんがやって来ようものなら、ただでは済まなかったでしょうに」

（その殿方は、どうやらベンのナイシと浮き名を流していたようだ。左の書記と右の書記がいて、ミナモトのヨリヨシとフジワラのタダスケが該当する。[1]）

「それよりも、いったい誰があなたにそんな事を吹き込んだのか、教えてもらいたいですね」

こう言って、彼は笑いました。

「実はね、彼女の話はまさにその件だったのですよ。誰にも言わないでほしいって、頼まれていたのです」

ユキナリはこれといった才能もなく（ただし、数年後には当代きっての能筆家として名を馳せる[2]）、じっさい通り一編の付き合いで解ってもらえるような人柄でもないので、みんなは彼のことを、その程度の手合いだと決め込んでいます。けれど私は、彼の本性の奥深くまで覗き見る機会があったので、絶対に見たままの凡人ではないことが分かるのです。このことは、何度となく皇后の耳にも入れてきました。だから実のところ、彼女もそれはよく承知してくれていると思うのですが……。でも若い女官たちときたら、彼のことを悪し様にけなすばかりで、不愉快な出任せまで露骨に言い立てるのです。

「あの人の格好見た？　何てひどいんでしょう」

「それにどうして他の人たちみたいに、経典を朗読したり詩を作ったりできないのかしら？　ほんとに退屈な人だこと」などと。

実は、彼の方はこの手の女性には興味がなくて、はなから相手にする気もないのでした。いつもこう言っていました。

「女の人はね、目が頭に垂直に立っていようが、眉毛が額中に広がって、鼻がひん曲がっていようが、そんなことは関係ないんです。その人がすてきな口をしていて、顎と首さえ綺麗ならばね。もちろん、声がきたないのはご勘弁ですが」

それから、こうも付け加えました。

「そうは言ってもね、顔というのはそれなりに大事ですね。醜いのはいやだもの」

この発言が、敵をたくさん作ることになったのです。顎が尖っているとか口元がチャーミングでないとか、自分で思い込んでいる人たち、つまりは彼女たちこそが、皇后に彼への偏見を植え付けようとしたのです。

そもそも彼が皇后に宛てた伝言を、最初に取り次いだのが私だったせいで、彼ったら、私を通さないと皇后と連絡が取れないと思っているみたい。私が自分の部屋にいると、建物の前まで使いをよこすか、さもなくば自分で私たちの宿所まで入ってくるのです。宮殿から下がっている時には、自宅まで追ってきます。そして、たとえもう手紙（皇后宛ての）は書き終えてあったとしても、わざわざ持って来て、すぐに宮殿に戻れないのなら「これから言うことを皇后に伝えてくれるよう」使いに指示してもらえるとありがたいのだけれど……などと頼むのです。宮殿にはいくらでも伝言の引き受け手がいるじゃない、と教えても、彼は聞く耳を持ちません。他の人の取り次ぎは、すべて断ってしまうのでした。いつだったか私が、自分だけで頑なにルールを作ってしまわないで、臨機応変に動くことも時には必要よと、誠意をもって勧めてみたことがありました。でも彼は、きまりに従って生きるのが自分の性分だし、「性格なんてそうそう変えられるものではない」と言うのです。

1　左右の大弁、源扶義（すけよし）と藤原忠輔。

2　以下、原文は行成との平素の親交を説明。英訳は過去時制から現在時制に転換して、それに対応している。なお、行成の能筆は既に世に知られていた。

「そんなに縛られないで(1)」

私がこう返事をすると、彼は引用の意味がわからなかったらしく（引用は孔子の語録から。「間違ったときは自分のやり方に縛られず、改めればよい」。ユキナリはショーナゴンが誘いをかけたと受け取った。）、戸惑いの笑みを浮かべてこう言いました。

「最近、私たちの仲があれこれ取り沙汰されているのは困ったことです。この私たちがですよ！　まあ、私には変な下心なんてありませんから。もしそんな仲なら、お顔なんかも隠さずに見せてもらっているはずですしね」

「とんでもないわ」と私、

「あなたは顎の形には人一倍うるさいと言ってたじゃない。わたしのなんかとても見られたものじゃないもの」

「ほんとですか？」

彼は真顔で訊いてきました。

「知らなかったなあ。それじゃあやっぱり見せてもらわない方がいいですね」

それからというもの、彼に見られそうになると、いつも私は顔を隠すようにしていました。(2) でも気が付けば何と、彼はこちらの方なんか見てもいません。どうやら、私が醜いから嫌だと言ったのを真に受けてしまったようなのです。

ある朝、(3) シキブのオモト（という皇后の女官）と一緒に、脇部屋で（昨晩私たちはそこで寝たのですが）日が高くなるまで横になっていたときのこと。出し抜けに、母屋へ通じる扉がすっと開いたかと思うと、何と天皇と皇后が立っているではありませんか。あまりに驚いたものだから、私たちは動くに動けずただ横になっているばかり。両陛下は立ったままで、その慌てぶりをひどくお笑いになります。やがてこちらへと入って来たお二人は、敷物や覆い物の山（私たちは頭から夜具をかぶっていたので）の陰に、半分隠れるように立ちました。宮殿と衛兵舎とを行き来する人たちを、覗き見ようというわけです。廷臣たちが数人（部屋の中に誰がいるのかなんて及びもつかずに）窓辺にやって来て、私たちに挨拶を送ってきます。天皇の面白がりようは大変なもの、もう少し彼らを引き止めておくように、私に頼むのでした。

両陛下が母屋へ戻る段になって、皇后が言いました。

「二人ともついてらっしゃい」

これは、すぐ職務に就きなさいということ。

「せめて顔を整えるお時間を」

と返事して、私たちはまだそのままでいました。しばらくして、なおも二人で今朝のことを話していたところ、何やら浅黒いものが、部屋の正面扉近くにぬっと現れたじゃありませんか。カーテンの一枚が枠に引っ掛かったままはためいていて、その隙間から見えたのです。きっとノリタカね（ゲンジの作者であるムラサキの義兄）[4]と思ったけれど、よく見ると、彼とは似ても似つかない顔でした。

大笑いしながらも足を引き摺って行って、私たちはカーテンを元に戻そうとしたのですが、直し終わる前に分かりました、覗いているのがユキナリだということが。これには本当にまいりました。なにしろ、彼だけには顔を見せるまいと決めていたのですから。背中を向けて座っていたシキブの方は、ちゃっかり難を逃れています。近づいてきた彼は、こう言いました。

「いま、やっと心置きなくあなたを眺めることができましたよ」

「ノリタカだとばかり思ったから」

1　原文「憚りなしとはいかなる事をいふにか」。行成の前言に対し、『論語』（学而篇）の「改むるに憚ることなかれ」を使って切り返している。続く「～と怪しがれば」は清少納言がわざと不思議がってみせたということ。行成に引用が理解できなかったわけではない。以下の行成像も、ウェイリーなりの解釈が色濃い（後文では、方弘や生昌と同じ「鈍物」とされている）。

2　原文では、行成が律儀にも自分の顔をふさいで、清少納言の顔を見ないようにしている。

3　原文「三月つごもり頃～」以下の部分。ここからの舞台は一条院今内裏と思われる。「式部のおもと」は同僚の女房。

4　底本の「藤原説孝」説による。今日では六位蔵人であった橘則隆（則光の弟）をあてる。

私は弁解しました（ノリタカは、おそらくショーナゴンたちと親しい付き合いだった）。

「私たちも迂闊だったわ。でもこう言っては何だけど、女性に興味がないっていう評判のわりには、随分じろじろと御覧になったものね」

「ある人が言うに……」と彼、

「起き抜けの女性の顔というのは、かくべつ魅力的なのだそうです。近頃そう聞いたものだから、今朝方、寝室のひとつも覗けるチャンスはないかと思って来てみたわけです。両陛下がおられる時から見ていたのに気付きませんでしたね」

やがて彼は、カーテンをたぐり上げてきました（女官たちは宿泊部屋をカーテンで仕切った小部屋で身支度していた）。私たちのお仲間のように。


【続いて九九九年第二の月に始まる一節[1]】


私が休みで宮殿を空ける時には、宮中の殿方たちが、我が家を訪ねて来るのが常でした。それは、家の者[2]をやきもきさせていたようです。でも私はといえば、彼らが足止めされる様を見ても、少しも気の毒には思いませんでした。というのも、そうした訪問客の中に、特別な感情を抱かされる人は一人もいなかったのですから。それでも昼夜を問わずひっきりなしにやって来る人たちに、失礼のないよう居留守を使い続けるのは至難のわざ。何しろ、誰々の訪問がひどいスキャンダルになるといった類の心得を、こちらではほとんど持ち合わせていなかったから余計です。

そこで今回は、みんなには居場所を知らせまいと決めていました。ツネフサ（ミナモトのツネフサ　九六九～一〇二三）やナリマサ（ミナモトのナリマサ[3]）、そのほか何人かは別にして。

（彼らはタダノブとともにムラサキの『日記』にも登場、皇后アキコ(4)の出産にさいし、三人で演奏している。「プライムミニスターに配慮して、正規のコンサートではありませんでしたが」。）

今日、ノリミツ(5)が来ておしゃべりしたのですが、その話によると、私が彼の「妹《シスター》」だからということで（初期の日本の詩歌の場合「妹」は恋人を意味するが、この時代にはもっぱらプラトニックな関係を示しており、より親密さを漂わせる言葉とは大概区別されていた。タチバナのノリミツは勇猛をもって知られ、タチバナの家に押し入った盗賊一味に一人で立ち向かったこともあった）、彼は昨日、主人のタダノブ卿から私の居場所を問い質されたというのです。

「しつこいの何のって」とノリミツ、

「あなたとの約束は破るまいと心に決めていましたが、いくら知らないと言っても信じてはくれなくて、それはもう逃げ出したくなるくらいの執念深さ。おまけに、近くではツネフサがまったく我関せずといった顔で座っているじゃないですか。万一彼と目が合おうものなら、これは吹き出さずにはいられないなって、気が気じゃありませんでしたよ。最後は仕方なく、食卓の上にあった一枚の海布《シー・クロス》（食用の海藻）をつかんで、口に突っ込みました。何て食い意地の張ったやつだって、みんなには思われたでしょうね。それに、食間なのにいったいどんな御馳走を見つけて

1　七二（88・80）段「里にまかでたるに」から。年時考証は底本による。今日では一二四段（前出）と同時期（九九六年初秋以降）を想定。英訳は本文の書き様どおり、あくまでとある里下がり時の出来事として描く。

2　原文「人々」。底本は「世の人」と注す。「家の者」を強く意識するのは以下に一貫する英訳のこだわり。ちなみに事件時を九九六年と解せば、この「人々」は清少納言を中傷するような噂を立てた女房たちとなる。

3　源経房（27頁注2参照）と源済政（?～一〇四一）。続く『紫式部日記』の引用は、寛弘五（一〇〇八）年八月の記事から。

4　藤原彰子（九八八～一〇七四）。道長の娘。当時、中宮として第二皇子敦成（後一条天皇）を出産。

5　橘則光（九六五～?）。清少納言の夫のひとりと考えられている。英訳は底本に従って二人の夫婦関係を否定。続く盗賊捕縛の逸話は『江談抄』にみえるが、舞台は藤原斉信邸である。

がっついているんだって、さぞかし不思議がられたことでしょう。でも、おかげで喋らずには済みました。もし笑ってしまったら取り返しのつかなかった所ですが、とうとう彼も、本当に知らないのだと思ってくれましてね。いやあ、うまく行きましたよ……！」

これからもずっとしらばくれてね、私はそうノリミツに頼みました。それから数日間、この件については何の音沙汰もありませんでした。

ところがある晩遅く、表門をドンドン叩く音がします。それがまた、倍ほども遠くにいる家中の者たちまでが、みんな目を覚ましかねないほどの勢い。何事かしらと思って人を見にやらせると、「左の護衛隊の少佐からの」つまりはノリミツからの手紙を携えた近衛兵とのことでした。家の者はみな床に就いていたので、手紙は私が玄関の灯りのもとで受け取りました。見ればそこにはこうあります。

「明日は宮中の春季朗読会の最終日[1]です。タダノブがもし両陛下と一緒に懺悔日を続けているようなら、間違いなくあなたの居場所を訊いてくるでしょう。仮に（みんなの前で）彼から強要されれば、知らぬふりで押し通すのは無理だと思うのです。あなたがそこにいること、教えてはいけませんか。もちろんお許しがなければ、そんなまねはしませんが」

返事は書かずに、私は海草をほんの一切れ、紙に包んで送ってやりました（これは「喋りたくなってしまったら、この間みたいに海草を口に詰め込みなさい」の意）。

次に訪ねて来たとき、ノリミツが言うには、

「あの人には参りましたよ、一晩がかりで例の件を捲し立てるんですよ。あれだけ責められたら、いいかげんやってられません。あなたに指図を仰いだのに返事はくれないし……。そういえば、海草入りの包みをいただきましたよ

ね。何かの間違いだったんでしょうが」

　いやはや、あれをまあ気まぐれだなんて！　いまだに彼は、こちらの意図など全く理解できず、私が愚にもつかない贈り物をしたと思っているらしいのです。その鈍さが許せなくて、私は黙ってインクスタンドを取ると、紙切れに次のような詩を書きました。

「あなたが手にしたひとかけら、それがもし波間に潜る海女からの贈り物だったなら、その心は、自分の海の隠れ家を教えないでほしいとの合図でしょう」

（これはアクロスティックで、巧妙な地口が畳み掛けられている。例えば「メ・クワセ」という言葉が、「ウインクで合図する」意のみならず「かけらを食べさせる」意でもあるといった具合に。(2)）

「さては、詩をお書きになっていらっしゃいますね？」

彼は大声をあげました。

「この私に限って、そのようなものは読みますまい」

こう言うなり、その紙切れをもみくちゃにして、ズンズンと出て行ってしまったのでした。(3)

　こうして、ずっと良き友人であり相棒であったノリミツと私は、しばらくの間、お互いに少々疎遠になったのです。

ところが程なく、彼の方から手紙でこう言ってきました。

「私が悪かったのかもしれません。でも、あなたが私に会いたくないからといって、これまでの我々の仲までも、

1　原文「御読経の結願」。二・八月に行われる季御読経（四日間、僧を招いて大般若経を講読させる）及び臨時の御読経があった。
2　原文「めをくはせけむ」。「布（め）を食わす」と「目くばせする」意を掛けている。
3　原文「あふぎかへして逃げていぬ」。歌を書いた紙を則光は扇であおぎ返した。

過去の遺物みたいに思わないで下さいね。そんなことになれば、せっかくの素敵な誓いの数々が台無しになってしまいますから……」

自分のことを思ってくれているうちは、決して詩などよこしてはいけない、というのが彼の口癖でした。

「それは敵意を抱いているという、はっきりした合図なのです」

常々こうも言っていました。

「もはや我慢ならないと、あなたが心に決めたら、その時こそ詩を送って下さい。そうすれば私には分かりますから」

こうした通告にもかかわらず、ショーナゴンは新たな文字なぞ歌を彼に送りました。

「彼がそれを読んだとは思えません」

彼女は続けています。

「とにかく返事は来ませんでした。まもなく彼は五位に昇進して、トートーミの副総督になりました。[1] それ以来、私たちの友情も完全に終わりを告げたのです……」

次もほぼ同じ時期の記事から。[2]

宮廷の女官たるもの、当人が休みのときには、両親が揃っていていてほしいものです。（ショーナゴンの父親は、彼女の宮仕え以前に亡くなっている。）そうすれば彼女は、たくさんの人が出入りする家、奥の部屋では賑やかな話し声が絶えず、門では馬番がいつも立ち騒いでいるような家で、うまくやってゆくでしょう。じっさい女官は、静か過ぎるより、絶対に賑やかでいたいのです。

これが誰かほかの人の家で過ごすとなると、[3]大っぴらにせよお忍びにせよ、宮殿から訪ねて来る友人に、どれくらい休みをとるのか訊かれたり、手紙を書かなかったことを（「あなたがお休みだなんて知らなかったものだから……」などといって）謝られたりして、たいそう迷惑な話になります。ましてやそれが恋人だったらどうでしょう、ただ客を招き入れるために表扉を少し開けただけで、もう家の主人が飛んできて（「危ないじゃないか、夜のこんな時間に」などと）大騒ぎ、これほどしゃくにさわることはありません。その後では、

「大門に鍵はかけたか？」

と言われた門番が、むっとしながらぶつぶつ言って応じます。

「まだ中に誰かいるんですがね、このまま鍵をかけちゃってもいいんですかい？」

「そうか、じゃあ彼が出たらすぐ締めるんだぞ」と主人、

「近頃このあたりには泥棒が多いからな」

こんなやりとりが聞こえてくるなんて、あんまり愉快ではないですね。

後からも主人は、客が帰ったかどうかと何度も偵察にやって来るのですが、お客に付いて来た従者たちにしてみれば、それがたいそう面白いのです。何よりも聞いていてはらはらさせられるのは、彼らが主人の声色を真似ること。[4]

1　長徳四（九九八）年、則光は叙爵して遠江の権守となっている。
2　以下は一五六（178・172）段「宮仕へ人の里なども」。「里下がり」という共通項によってウェイリーは前段と「同時期」と考えたか。原文自体の分かりにくさが解消されているが、結果として誤解も目立つ。また、本段は現在時制で訳されている。
3　底本も以下を「親がないため、他人の家に厄介になる宮仕え人」の場合と解しているが、本来は前段に引き続き実家に里下がりした時の話で、その窮屈な面を述べた所だろう。
4　原文では、様子を見に来る家の者（下男）を客の従者たちが笑ったり、その口真似したりしている。

主人が聞きつけたりしたら、いったいどんな騒動になることやら！

　恋人には見えなくて、また現に恋人でもないような人が、夜の方が都合が良いからといって、たまたま訪ねて来てしまうことがあるでしょう。(1)そんな時その人は、家人の無作法な仕打ちまでは、甘んじて受けようと思わないもの。

「そういえば、かなり遅い時間だ、門を開けるのもひと苦労でしょう」

こう言って、帰って行くはずです。

　でもそれが女官の真に思いを寄せている誰かさんだったら、後で本人から、いくら中には入れてあげられないと言われても、彼女の部屋の外で夜明けまで待ち続けるもの。明け方には、夜通し中門のあたりを、催促がましくぶらぶら巡回していた門番が、聞こえよがしに、

「朝ですよ」

と叫びます（朝が来たのが未曾有の出来事でもあるかのように！）。

「ああ、表門は一晩中××と開けっ放しだった」

（原文に使われている副詞「ライソーと」は、強調の表現であることは確かで、時を表わすスラング。ただし正確な意味は不明(2)）

そこで真っ昼間、もはやその必要もなくなった頃になって、彼は門をロックすることになるのです。――こうした事は、何から何までしゃくにさわりますね。

　前に述べたように、これが実の両親の家だったら何も問題ありません。(3)ただ、継親の場合は面倒ですね。親たちにどう思われているかって、いつも気が気ではないもの。兄弟の家ですら、この点はかなり厄介なのですから。

　もちろん私の理想は、表門をめぐる騒ぎも起きず、夜中だろうと明け方だろうと、ことさら咎めだてする人のいない家。それならば外へ出て（建物の外の意(4)）、相手が誰だろうと――ことによると皇子たちや天皇に仕える貴族たちの誰かとも――語り合ったり、冬でも鎧戸《シャッター》を開けたまま、ずっと腰掛けていることができるのです。それにお客さんが

帰った後は、遠ざかって行くその姿を見送ることもできます。帰りが明け方だったらまた格別だし、フルートでも吹きながら行ってくれたら、なおさら素敵。彼の姿が見えなくなっても、ベッドへ急いだりはしません。その人のことを誰かと語り合ったり、彼が作った詩の品評をしたりするうちに、しだいに眠りにつくのです。

「今朝早く、廊下の所に、誰だか場違いな人がいましたね。従者がその彼に傘をさしかけていましたっけ。ちょうど帰るところを見かけたのですが……[5]」

女中の一人がこう言うのを耳にしたとき、とっさに、私の所に来た人のことだと分かりました。でも、どうして彼女は「場違いな人」なんて言ったのかしら。実の所、彼はチゲ（天皇の高座に上がるのを許されない廷臣[6]）には違いないけれど、かなりの地位にある人で、言わせてもらえば私とは公然の仲なのに。

やがて皇后からの手紙が、すぐに返事をという伝言を添えて届きました。どぎまぎしながら開けてみると、中には大きな傘の絵が。傘を持つ人の姿はなくて、描いてあるのは片方の手の指だけ。下の方には、次のような引用句が書かれています。

1　原文は「好意を持たない人が、そうそう来たりするものか。口には出さずとも思いがあるからこそ逢いに来るのだ」の意。以下も英訳とは状況が食い違う。
2　底本でも「未詳」の語。『新潮古典集成』（一九七七）は「懶散と（だらしなく）」と解く。
3　本段を65頁注3のような文脈で解すと、ここも「親が同居している場合は（都合悪い事といっても）まだこの程度だ」の意となる。
4　原文「出であひなどして」、応対に出ること。次文を「～貴族の男性たちと」と解すのは底本による。三巻本能因本とも、主語は「どこかの宮、内裏、殿ばらの邸の女房たちが」。
5　「明け方に男が帰る」という共通項からか、以下は一九四（215・222）段「細殿に便なき人なむ～」の内容。時制は再び「過去」。本段の舞台は「細殿（内裏の登華殿）」である。
6　地下（ぢげ）。清涼殿の殿上の間に昇殿を許されない官人。

「ミカサの丘の稜線に、夜が明けたあの朝から……」（ミカサとは「三つの傘」の意）
すべては些細なことなのですが、皇后陛下にはご立腹だったのかもしれません。だから手紙が来た時は、この件が皇后の耳に入ってなければいいのにと、心底願ったもの。するとまあ、お叱りではなくて、届いたのはこのジョークばかり。恥ずかしい思いはしたけれど、これには心から楽しませてもらいました。私は別の紙を手に取ると、どしゃぶりの雨の絵を描いて、その下にこう記したのでした。
「雨でなく、涙、涙の身の上です[1]」

マサヒロ[2]

みんながマサヒロを笑い者にします。（マサヒロはミナモトの一族で、後のアワ地方総督）彼の両親や友達にしてみたら、本当に辛い話に違いありません。彼が立派な風采の従者を連れていたりすると、決まって誰かがその男を呼びとめて、正気であんな主人に仕えているのか、などと訊くのです。彼の家は何から何まできちんとしていて、だから服の趣味だって抜群なのですが、それすらも人々をしてこう言わしめるばかり。

「ほかの誰かに着せたら、さぞや素敵だろうに！」

ただ、彼が時々妙な言い回しをするのは確かです。例えば、宮中の職務にあったとき、使っていたものを家に送ろうとして、使いをふたり呼んだことがありました。ひとりがやって来て、自分だけで十分運べる量だと告げると、マサヒロが言いました。

「ばかもの、使いをふたり頼んだのは、私のだけじゃなくてほかの人の分もあるからなんだ[3]。ひとりにふたり分を頼めないのは、一パイント壺に二パイント入らないのと同じだろう」

何のことやら分からなかったけれど、あたりは大爆笑。

また、誰かが彼に手紙を届けて、返事をせかした時のこと。

「よりによってこんな時に！」

マサヒロは大声を上げます。

「こん炉の上で豆のはぜる音がするぞ。(4) それにどうしてこの家にはインクも筆もないんだ？　誰かが盗んだに違いあるまい。食べ物や飲み物が盗まれたっていうなら分かるが……」

天皇の母君、プリンセス・センシ(5)が病気のおり、マサヒロが宮殿からお見舞いに遣わされました。戻ってきた彼に、あちらには何という殿方がご奉仕していましたかと尋ねると、「誰々と誰々」と四、五人の名をあげます。

「それだけなの？」

私たちが訊くと、彼の答えはこう。

「ええ、そうですよ。ほかにもいましたけれど、帰っちゃいましたから」

以前、たまたま私が一人でいた時のこと、彼がやって来て言いました。

「親愛なる貴女さま、今すぐにお耳に入れたいことがございます」

「まあ、何かしら？」

1　原文は以下「さてや、ぬれぎぬには侍らむと啓したれば～」と続く。あくまで清少納言は「濡れ衣」と言い張っている。
2　源方弘（九七五～一〇一五）。以下、九四（一一三・一〇四）段「方弘は」と四六（五八・五四）段「殿上の名対面こそ」が、ひとつに編集されている。
3　「誰かほかの人の分もあるから」は原文にはない。これによって、おかしいはずの方弘の言い分が、かえって理にかなってしまっている。
4　原文「竈に豆やくべたる」は、底本にも「忙しいことの喩え」とあった。
5　藤原詮子（九六二～一〇〇一）。兼家次女、一条天皇の生母。原文では「女院」。

「あることをですね、さる殿方が口にするのを聞いてしまったんですよ」

それからマサヒロは、カーテンのすぐ近くまで来て、

「偶然耳にしたんですがね、その人ときたら『体をもっと近づけてお寄りなさい』と言う代わりに、『五肢を近づけて……』ですと」(1)（これはペダンチックな漢語の言い回しで、英語にとってのラテン語に相当する。）

そう話すやら、どっと大笑いするのでした。

三夜の任命式(2)（この時に新年の官職が発表される）の第二夜のこと、マサヒロはランプに油をさして回る役に当たっていました。そこでランプ台の台座に足を載せていたところ、たまたまそこはユタン（べたべたの油を浸した布）(3)をかぶせたばかり、まだ乾いてなかったものだから大変、彼の足にくっついてしまって、動こうとしたとたんにランプ台をひっくり返すしまつ。土台が足袋にしっかり固定されているものだから、歩くたびにランプがぶつかるの。それも、一歩一歩律義に地響きを起こしながら。

宮殿の点呼というものは、とても素敵です（兵舎のそれとは違って、ということ）。実際に天皇に仕えている人たちは出てくる必要がなくて、その場で、各々の席を回ってくる役人にチェックを受けるだけ(4)。でもそれ以外はみんな、がやがや喋りながら中庭に駆け込んで来ます。私たちの宿所（皇后棟の中にある女官の宿所）では、庭側に寄って耳を澄ますと、じかに名前が聞こえるのでした。それは、多感な胸たちをときめかせずにはおかないもの……。返事の仕方しだいで、大いに評判を上げる者もいれば、それはもう手厳しいジャッジを下されてしまう者もいます。すべてが終了すると、夜警たちの弓を鳴らす音や、にぎやかな靴音が聞こえてくるのですが、中でもひときわ大きな足音は侍従です。彼はバルコニーの北東の隅に進み出て跪くのだけれど、その姿勢は高札《ハイオベイサンス》と呼ばれていて、天皇の座に向かって、夜警たちには背を向けながら、彼らに誰がいたかを尋ねるもの……。また時に、何かの事情で廷臣の多くが不在だと、点呼を行わない場合もあります。そんな時は、夜警長がその旨を報告すると、侍従の方はなぜ点呼がないのか、その

理由を訊いてから帰るのが普通です。ところが、マサヒロがこの任に就いていた時は、言われたことを聞かなものだから、若い貴族たちが彼の役目を教えようとしました。するといきなり癇癪を起こして、点呼がないとはけしからん、などとお説経を始めるではありませんか。だからもう、その貴族たちだけではなく、叱っている相手の夜警たちにまで笑われてしまうのでした。

ある時など、マサヒロが王室の食器室の棚に靴を置き忘れました。通りかかった人はみんな顔をしかめて、この汚らわしい物の持ち主はすぐに片付けろ、と騒ぎ出します。それは随分と気まずいことでした。というのも、あえて名前を出す人はいませんでしたが、みんなはマサヒロの靴だと分かっていたのですから。

「いったい誰の物やら、見当がつかない」

給仕長か誰かがこう言うと、やにわにマサヒロのご登場。

「この汚い物は私のだ！」

あつかましくも自分から取りに来るなんて、騒ぎは輪を掛けて大きくなったのでした。

侍従たちがまだ勤務していなくて、高卓《ハイテーブル》の近くにひと気がなかったとき、(5) マサヒロがそこにあった豆一皿分を手に取って、小さい仕切りの裏に隠れながら（この仕切りは移動式、洗い場を隠すための物で、内側に猫、外には雀と竹が描かれ

1　「むくろごめ（体ごと）」のことを「五体ごめ」と言った所がおかしいという。三巻本では、そう言って笑われたのが方弘。

2　除目。三夜にわたる官職任命の儀式。

3　油単。油をひいた布で、器物の敷物に用いた。

4　原文「御前に人さぶらふをり～」の「人」は点呼係の蔵人で、彼がその場で呼ぶのだろう。また、次文の「宿所」は「うへの御局」、弘徽殿の上御局（清涼殿にある中宮の控えの間）のこと。

5　原文では「蔵人の頭が台盤（食卓）に着席しないうちは、誰も席に付かない」という説明。四六段をはさんで、ここから再び九四段の記事。

ていた)、こっそりむさぼり出したこともありました。ほどなく到着の廷臣たち、その仕切りを取り払ってみれば……。

宮中の女官の部屋に来て、物なんか食べる殿方に、私はひどく反感を覚えます。(1) 食べさせてしまう女性の方も困ったものですけれど。なにしろさんざん焦らされた挙げ句に、それを食べてしまってからね、なんて言われたら、男性とて断るわけにいかないでしょう。出された物に嫌な顔見せたり、口を塞いだり、顔を背けたりなんて、彼にはとてもできないもの。でも私だったら、たとえ彼らが夜更けにひどく酔っ払って来ようと、絶対にご飯一膳だって出しません。けちだと思われて、二度と来なくなっても結構、こちらから願い下げね!

もちろん、実家にいる時の話で、食べ物が奥から運ばれて来るというなら仕方ありません。それだって、決して愉快ではないけれど。

ほかの箇所でショーナゴンはこう言っています。(2)

職人たちの食事ときたら、もう本当にびっくりです。東翼部分の屋根を修理していたとき、たくさんの職人が一列に腰掛けて夕食をとっていました。建物の向こう側に行って見たのですが、彼らは食事が手渡されるとすぐに肉汁《グレービー》を飲み干してしまって、その椀を脇に置いてから野菜をたいらげていました。ご飯は食べないのかしらと思っていたら、いきなりそっちに襲いかかると、あっという間にご飯は消滅。一緒に座っていたみんなも同じ食べ方だったから、きっとこれが大工たちの習慣なのでしょう。すてきな召し上がり方なんて、とても言えません。

いま一人、ショーナゴンの笑いの的になっているのがフジワラのノブツネ、礼式委員会の補佐官でした。(3)

「中国の詩だろうと日本のだろうと、私は立ち所に作ってみせます」

ある日（九九八年の夏か）、彼がショーナゴンに言いました。

「題さえいただければね……」

「お安い御用よ。それじゃあ日本のをお願いするわ」

私がそう言うと、

「よろしい」という大きな声、

「でも題は、あなたが思い付いたのを全部下さい、ひとつではほとんど意味がないですから[4]」

ところが、いざ題を与えると、とたんに彼は怖気付いてしまって、お暇しなければなんて言い出すのです。聞いた話によれば、彼が心配したのは、その筆跡でした。

「漢字でも仮名でも、それはもうひどいものでね」とその女官、

「あんまり字のことで笑われるものだから、臆病になりがちなのよ」

彼が王室製作所の委員会[5]にいた時（九九六年）、ある図面を職人か誰かに送ったのですが、下の方に書いてあった「こんな風にしてもらいたい」という意味の漢字が、これまた逆立ちしても読み取れまいっていう代物。あまりに奇っ怪な書類だったので、私は手に取って、余白にこう書き入れてやりました。

1　ここからは二八六（307・187）段「宮仕人のもとに」。
2　二九一（313・なし）段「たくみの物食ふこそ」。このあたりの章段選択は〝ものを食う〟が共通項。
3　藤原信経（九六九〜？）。紫式部の伯父為長の子。以下は八九（107・99）段「雨のうちはへ降るころ」（前半部は省略）。信経が原文にいう「式部丞」であったのは九九七〜九九八年正月。
4　三巻本では、清少納言の発言。
5　原文「作物所（つくもどころ）の別当」。信経は長徳二（九九六）年五月に同職を兼任。

「この通りにすべきではありません、おかしな物でも作りたいのなら別ですが」
あとで書類は皇帝の間まで届いて、次々回し読みされたものだから、みんなにはたいそう受けていたみたい。
ノブツネの怒りようときたら、相当なものでした。

しゃくにさわるもの[1]

誰かに宛てた詩やカエシ（お返しの詩）を出した後から、やっておけばよかった小さな手直し――たいていは二、三文字程度の――を思い付いたとき。

急ぎの縫い物の最中に、さあ縫い終わったとばかりに針を引くと、最後の結び目が抜けていて、結局は全部ほどけてしまっていたとき。

以前、皇后陛下が関白様の家に滞在していたとき（ミナミのイン、皇后の父ミチタカの邸宅における九九二年十二番目の月のエピソード[2]）、彼女は関白と一緒に西側の棟にいました。そこは関白が皇后の部屋を作るために引きこもっていた所なのですが、私たち女官にはほとんど用事らしい用事もなく、みんなで母屋に集まっていました。私たちが廊下でふざけて遊びまわっていたとき、やってきた皇后からの使いが言います。

「急にこのドレスが入り用です。直ちにみんなで取り掛かってください。陛下におかれては、ひと時以内に（日本の時は倍なので二時間にあたる）戻すようにとの思し召しです」

私たちが縫うことになったのは、無地の紋織でない絹織物（ヒラギヌ）です。大広間の正面に集まって、みんなに仕事が割り当てられたのですが、それは誰が一番に自分の分をやり終えるかを競う、狂気じみたレース。相手は近くにいて進み具合の分かる人ばかりではないので、ほとんど平静ではいられませんでした。

乳母のミョーブ[3]が、まもなく自分の分をやり終えて前に置きました。彼女が縫うと言っていたのは身ごろの肩、ところが迂闊にも裏返しに縫っていて、満足に出来上がってもいないのに、それを放り出して遊びに行ってしまったのです。みんなでドレスを持ち寄る段になってみると、後ろの合わせ目が合いません。明らかにどこかおかしいのです。次々と湧き起こる嘲笑と叱責の声。(4)誰がみてもこれはミョーブの失敗だったので、みんなで彼女に縫い直しを迫りました。彼女の方は、

「間違って縫ったのが誰なのか、まずは私が知りたいわ」

と、にわかに気色ばんで言います。

「もし仮にですよ、その誰かさんが紋織を裏返しに縫ったというのなら、模様が逆になるから縫い直しも当然でしょう。でもこの無地の絹織物に何か問題があるのですか。それでも誰かが一から縫い直さなければならないというのなら、最初に分担のなかった人がやるべきでしょう」

「よくもまあ、そんなずうずうしい事が言えたものね」

みんなは声を荒らげます。ところがミョーブは一向に聞く耳を持たなくて、とうとうゲン・ショーナゴンたちが(5)縫い目を解いてやり直す羽目に。縫っているときの彼女たちの顔ときたら、何とも愉快な眺めでしたよ。

ことはすべて、皇后陛下が天皇にお仕えするべく、夕暮れまでにドレスが入り用になったがために起きたのでした。

「一番に縫い終えた人こそが、私のことを本当に想ってくれている人でしょうね」

1　八二（100・91）段「ねたきもの」。
2　『新潮古典集成』（一九七七）は長徳元（九九五）年四月、道隆薨後の喪服縫いの場面とする。ただしこの部分、『集成』の用いた三巻本と底本とには異同が多い。
3　「命婦の乳母」中宮の乳母か。
4　原文「笑ひののしりて」、「大騒ぎして笑う」意。
5　「源少納言」女房の名（出自未詳）。

皇后はそう言っていたのです。

ことにしゃくにさわるといえば、手紙がどこかに紛れてしまって、思いも寄らない人に届けられてしまうこと。使いの者が、素直に非を認めるなら我慢もできましょう。でもいつだって使いは言い訳をはじめて、言われた通りにやっただけです、などと開き直るのです。腹立たしいとはこのことで、人目さえなかったら、飛んで行ってひっぱたいてやったでしょう。

見事なハギやススキ（ヤマハギと日本産ユーラリア）を植えたのに、長い箱と園芸道具を持った人に掘り起こされて、持って行かれてしまう、そんな光景を目にするのは、悲しくもあり、しゃくにもさわります。時に腹立たしいのは、たとえ身分が卑しくても、男の人[1]さえその場にいれば、その恥知らずだって決してそんな真似はするまい、ということ。私たちがいくら止めて諌めても、ほんの少し間引いただけという風を装って、そいつはさっさと行ってしまうのですから。それがどんなにしゃくにさわることか、本当に言葉にもできません。

地方長官や小役人といった者の所に滞在していると、大邸宅からやって来る召使いなどを目にすることがあります。その話し方や態度といったら、もう無礼極まりなくて、

「無礼は承知の上だがどうした、お前のような者にとやかく言う資格はあるまい」

とでも言わんばかり。頭にくるったらありません。

その人には見せたくなかった手紙なのに、当人が拾ってしまって、中庭に持って行って立ったまま読んでいます。最初は怒って死にもの狂いで追いかけるのですが、カーテンの向こうまでは出て行けません。読んでいる彼を見据えたまま、飛び掛かってひったくってやれないものかと思うのです。

ささいなことに腹を立てた女性が、恋人の傍らを後にして、別の寝椅子に身を横たえます。恋人はそこに忍び寄ってきて、引き戻そうとしますが、ご機嫌は斜めのまま。こたびは相当なおかんむりだと、彼の方もそこで観念、

「お好きなように」

こう言って広々したベッドに戻るや、ひとりですやすやと眠りにつきます。それはしんしんと冷え込む夜のこと、裏布のない薄掛け一枚の女性には、たちまち身にしむ寒さでした。起きていようかしら、と思うのですが、家人はみな床に就いていたので、何をしたらいいやら、どこに行けばいいやら、彼女は途方に暮れるばかり。同じ喧嘩なら、もっと宵の口から始めておくべきだったと思うのです。とその時、女部屋と外との両方から、不気味な物音が。怖くなった彼女は、そっと恋人のもとへ擦り寄って、寝具を引き剥がそうとしました。ところが腹立たしいことに、彼はぐっすりと眠ったふりか、さもなくばこんな一言を返すだけ。

「もう少し、すねていたらどうだ」

小さな子供と赤ん坊は、丸々と太っているに限ります。(2) 地方長官も同じで、痩せていると不機嫌そうに見えてしまいます。見た目ということで言えば、(3) 客車を引く牛に餌をやる少年たちこそは、きちんとした身なりでなければいけません。ほかの召使いたちなら、見苦しければ客車の後ろに隠すこともできるでしょう。でも、どうしたって人の目に触れる従者の類は、文句なくこぎれいな格好でないとみっともないもの。そうかといって、人目を避けて、随身たちをまとめて客車の陰に押しやってしまったら、それはそれで不体裁なのは火を見るより明らかです。(4)

見栄えの良さから、スリムで上品な若者をわざわざ下男に選んでおいて、裾の汚れたズボンや、擦り切れてみえる狩用の服などを着せておくのは間違っています。一番望ましいのは、彼らは偶然に車の側を歩いているだけで、自分

1　原文「よろしき人（ある程度の身分の人）」。

2　ここからは、四八（60・56）段「わかき人とちごは」。諸本間に異同が多い。

3　以下、今日の注釈書では別段（61・なし）。

4　原文では、牛車の後ろに、たいしたことない従者たちが連れ立って歩く様が「見苦し」とされている。

とは何の関係もないと、人に思わせることです。(1)

でも、召使いがみんなハンサムだったら最高ですね。たまたま服が破れていようと、むさ苦しかったり、だらしなかったりしていようと、たぶん大目に見てもらえるでしょうから。(2)

公の従者を与えられた国の役人たちは、えてして小姓たちを、汚くだらしない格好で出歩かせて、台無しにしてしまうもの。

紳士たるもの、家にあっても、公務のときも、友人と過ごすときも、いつだってハンサムな小姓たちを大勢はべらせておくべきなのです。

密会といえば、夏が最高。(3)夏の夜はとても短くて、ひと眠りもしないうちに空が白み始めてしまうのですが、鎧戸を全部開け放してもらうのは気持ち良いもの。涼しい風が入ってくるし、庭だって眺められるのですから。いよいよお別れの時という恋人同士が、言い残したこともすべて語り尽くそうとしたその瞬間、窓外の不意の大きな物音にびっくりし仰天。でも、やがて二人は騙されたことに気付きます。カラスが鳴きながら飛んで行っただけなのでした。(4)

ひどく寒い夜でも、恋人と二人、何枚もの寝具に埋もれて横になるのは、また楽しいもの。鐘の鳴るような物音が、何とも奇妙で、まるで深い穴の奥底から聞こえてくるかのようです。奇妙といえば、一番鳥の鳴き声もそう。嘴を羽の下に押し込んだまま鳴いているような、くぐもった遠くからの声なのです。それから、鳴き声が新しくなるごとに、よりはっきり、近くに聞こえるようになります。

何ともいまいましいもの(5)
その人が作ったことにしてあげておいた自分の詩が、お誉めにあずかったとき。
長旅に出る人がいて、行く先々の人宛ての紹介状が欲しいと、あなたに一筆頼みます。あなたは、彼が訪れるであろう、土地土地の友人たちと引き合わせるために、真心を込めた推薦状を書きます。[6] なのに、あなたの友人は労を厭って、その手紙を無視。かくて、何の効力もないことが暴露されてしまうのは、はなはだ不面目なことです。

種々雑多[7]

　この世で何が一番辛いかといえば、それは人に好かれていないと感じること。私のことを嫌いだなんていう人たちは、思うに精神に異常でも来しているんじゃないかしら。宮廷でも家庭でも、人に好き嫌いがあるのは致し方ないことですが、私にはそれが苦痛でなりません。召使い階級の子供にとってさえ（良家の子ならなおさら）、家ではずっと可愛がられてきたのに、その後で世間の非難がましい目に晒されてしまうのは、何とも耐え難いことです。[8] 当人にもし好かれる所があるのなら、彼女がちやほやされたって人は納得するでしょうが、その少女に何の魅力もないとなると、皆からこんなことを言われてしまいます。

1　底本「わがものとは見えね」による解釈。傍点部、能因本では「わるもの」。
2　原文はあくまで従者の服装を問題にしている。容貌の問題ではない。以下も文意のとりにくいところが、英訳では合理的に解釈し直されている。
3　ここから六十（74・70）段「忍びたるところにては」。
4　原文では、烏の鳴き声に密会を見透かされたような面白さをいう。なお、次の「ひどく寒い夜でも～」以下は、旧全集では別段（75段）。
5　六六（82・なし）段「いとほしげなるもの」。ただし能因本は「いとほしげなきこと」。
6　原文では「なほざりに（いいかげんに）」書かれた手紙が、ひんしゅくを買っている。
7　以下、二三〇（なし・249）段「世の中になほいと心憂きものは」。
8　原文では、「親がかわいがる子は、人からも自然と注目されて大切にされる」の意。以下もあくまで、子をいとおしむ親の思いがテーマ。

「あんな子を可愛がるとは！　げに、親というのは不可思議せんばん！」

そうです、家庭でも宮廷でもただ一つの大切なのは、両陛下から下々に至るまで、すべての人に好かれること！

ショーナゴンは、常々皇后に公言してきたことを、別の所でこう語っています。[1]

「私はいつだって、人から第一に愛されないと気が済みません。そうでないのなら、いっそ憎まれるか、はっきり冷遇された方がずっとまし。二番目、三番目に愛されるくらいなら、死んだ方がいいわ」

ものを書くということは、ごくありふれたことですが、なんて大切なのでしょう！[2]　はるか世界の片隅に誰かがいて、またその彼を心から案じている人がいる、そこへ突然手紙が届けられると、まるで相手が同じ部屋にいるかのように思えてきます。これは驚くべきことですよね。また不思議なことに、思いの丈を込めて手紙を書くと、宛先には届くまいと分かっていても、人は大いに満ち足りた気持ちになるもの。手紙というものがなかったら、私たちはどんなにか憂うつな気分に苛まれることでしょう！　心に重くのしかかった思いを、いつか相手に読んでもらえたらという淡い期待を込めて、ひと思いに書き記す、それだけで気が安まるのだとすれば、返事が届くなどということは、時として不老不死の霊薬に匹敵するといっても過言ではありません！

呪術師に使われている少年たちの賢さは、群を抜いています。[3]　師匠が浄めの儀式に出掛けるとき、祈りの言葉を読むのが彼らの役目で（おそらく中国語で。というのも、こうした呪術師たちは中国の『易経』の作法に則っていた）[4]、それじたい特別なことではないとしても、師匠からは何も言われないのに、絶妙の間合いで駆け出して行って患者の顔に冷水を注ぐその様子を目にすれば、誰だって羨ましくなります。私にも、あんな風に奉仕してくれる少年たちがいてくれたら！

「彼って、すごく素敵な紳士だわ(5)」

下女の口からこんな台詞を聞いた日には、咄嗟に人は、その紳士に少なからず軽蔑の念を抱くもの。悪態をつかれた方が、まだしも救いはあるでしょう。淑女でさえ、よろしくない筋の人たちから過分に褒めそやされて、かえって面目を失うことがありえます。人はどんなにか、けなされたときに嫌な思いをするか考えたら、褒め称えたにもかかわらず当人にミソをつけてしまうなんて、何とも気の毒な話です！

ナリノブ(6)

キャプテン・ナリノブは、兵部の長官をしている入道殿下の息子（ミナモトのナリノブ、九七二年生まれ、プリンス・オキヒラの子）。人一倍ハンサムなだけでなく、頭脳もことのほか明晰。カネスケ(7)の娘が彼と別れたときは、かわいそうに、さぞや心を痛めたことでしょう。彼女は、イヨの総督に任命された父親について行かねばならなかったのです。明け方には旅立ってしまう彼女のもとへ、夜半のうちに別れを告げに来た彼の姿を、人は心に思い描きます。宮廷服に身を包み、夜明けのかそけき月影の中に立つ彼を、私もよく目にしたものですが、彼女が最後に見たタダノブも、

1　八二（105・97）段「御かたがた、君達、うへ人など」から。
2　以下は二百（221・なし）段「めづらしといふべき事にはあらねど」。
3　以下は二五七（279・281）段「陰陽師のもとなる童こそ」。
4　祭文は神仏に告げ誓う言葉、中国語ではない。読むのは陰陽師。
5　以下は二六八（291・291）段「よろしき男を下衆女などの誉めて」。
6　二五二（271・274）段「成信の中将は」から。源成信の生年は九七九年（没年未詳）。入道兵部卿宮致平（むねひら）親王（九五一～一〇四二）の子で、道長の養子。
7　源兼資（九六〇～一〇〇二）。九九八～九九九年の間に伊予守在任。

きっとそんな風だったことでしょう[1]。

その昔、彼はよく私に会いに来たものです。かなり打ち解けた様子で、彼が気に入らない人たちのことを、どこが一番嫌なのかなど、歯に衣着せず話していました。

そのころ、皇后に仕えている侍女で、自分の懺悔のことなどを殊さら騒ぎ立てるといった、かなり辟易させられる人がいました。彼女は、タイラだったか、由緒ある類の姓で通っていたのですが、本当のところはただの養子で、仲間たちはわざと元の名で呼んで面白がっていました。

そのタイラの娘は、別に美人でもなく、これといった才能の持ち主でもありません。なのに自分の短所には気付かないもので、きまって宮中の集いにしゃしゃり出てきます。ある意味では皇后も彼女をひどく嫌っていたのですが[2]、あえて当人に忠告してあげるような人もなくて……。

あるとき皇后が、部屋には帰らないでこの棟に泊まってゆくよう、シキブのオモトと私に言ってくれたので、その晩は南の控えの間で休んでいました[3]。しばらくすると、扉を叩くすさまじい音が。誰かに入って来られては迷惑になると思って、私たちは寝たふりを決め込んでいました。ところがノックでは済まずに、大声で呼んだりするものですから、皇后も、

「誰か彼女を起こしに行きなさい、どうせ嘘寝でしょうから」

などと言ったようです。そこで「タイラ」の娘が、私たちを起こしにやって来ました。でも彼女は、本当に私が寝込んでいると思い込んでしまい、起きないのなら仕方ない、自分がドアを開けなければなどと言って、出て行ってその客と話し始めたのです。そのうちに戻ってくるだろうと思いきや、真夜中になっても彼女は現れません。来客はナリノブ卿に違いない、そう私は確信していたのですが……。

次の朝、私たちが控えの間でしゃべっていると、彼女が口を挟んできました[4]。

「ゆうべみたいな嵐の晩に訪ねてくれる男性には、もっと優しくしてあげなくちゃねえ。近頃あの人にはよくない振る舞いがあって、それであなたがとんとお見限りだってことは、私もよく承知していますよ。でも、あんなにも服を濡らして来た人を、許してあげない手はないでしょう」

私には、彼女の話が理解できません。仮に、毎晩きちんと通ってくるような男性が大雨の中も来てくれたというのなら、それは素晴らしいことです。まるっきり何週間も顔を見せないでおいて、わざわざ好んであんな天気の日に来るなんて、本当に馬鹿みたい。言えるのは、熱意を示したつもりでも、さほどの愛情は感じられないということだけ。まあこれは、あくまで好みの問題なのでしょうけれど。

実の所はこうなのです。(5) ナリノブは時々、しっかりと自分の考えを持って、またそれを活かし切っているような女性との駆け引きを楽しもうとするのです。ただ、正妻はもちろん、彼には繋ぎ止めておきたい女性がたくさんいるので、じっさい私の所に頻繁に通って来るわけにはいかないのでしょう。あんな悪天候の夜を選んでやって来た彼の魂胆は、まわりの人には誠意を見せつけるため、私にはその有難さがどれほどのものかを示すためでしかありません。でも、もし彼にまったくその気がないのなら、私にそんな策略をめぐらす必要もなかったとは思うのですが。

1　成信と兼資女との別れを語りながら、自身の思いを重ね合わせてゆくような原文の晦渋ぶりが、英訳では明快に分離されている。

2　底本「御前わたりに見ぐるしなど仰せらるれど」によるが、定子の言としては疑問が残る。「中宮のお前をうろうろするのが目障りだ」という成信の言葉、あるいは、定子が彼女を笑いものにする女房をたしなめた言葉とする説がある。

3　原文では、「今夜は中で寝よう」と清少納言と式部のおもとが南の廂の間で就寝。なお、舞台である一条院について説明した部分が英訳では省略されている。

4　底本では、「平」の女房（兵部）が誰かと話すのを清少納言が聞く形。三巻本は「人の物言ふを聞けば」。いずれにせよ英訳のように、清少納言が直接意見されているわけではない。

5　以下も原文は一般論の体裁をとる。対する英訳は成信個人との関係に固執する。

雨が降ると、私はひどく気が滅入ってしまって、ほんの数時間前には太陽が明るく照り輝いていたとしても、晴れているときには物がどんなふうに見えていたか、なにひとつ思い出せないほどです。何もかも、等し並みに不愉快に見えてくるので、素敵な宮殿のアーケードの一角にいようと、何の変哲もない家にいようと同じこと[1]。そのとき私の頭の中にあるのは、いったいいつまでこの雨は降り続くのか、という思いだけなのです。

逆に、雲ひとつない月夜の晩に来てくれる人なら、十日ぶり、二十日ぶり、ひと月、一年、たとえ七、八年ぶりの訪問だったとしても、私は楽しく思い返すことができます。たとえ会うには不便な場所で、すぐ邪魔が入ってしまうような所でも――遠慮がちに距離を置いて、わずかに言葉を交わす、せいぜいその程度のことだったとしても――、事情が許せば、次こそは[2]その彼を泊めてもいいと思うのです。

嵐

ショーナゴンは「あてにならないもの[3]」の中で、船旅に触れて次のような話を紹介しています。

日ざしはうららかで、湖面の穏やかさもまた、薄緑色の光沢ある絹にすっかり覆い尽くされたかのよう。これほど心丈夫な日和もない、と思われました。私たち若い娘は[4]、マントを脱ぎ捨てて、櫓を漕ぐのを手伝ったり（私たちは給仕や操船をしてもらう若者数人を連れていました）、かわるがわる歌を歌ったりして過ごしました。――本当に楽しい船旅だったので、皇后やご一族の人たちも一緒だったらと、何度思ったことでしょう――。そのとき、疾風が吹きすさぶや、湖はにわかに大荒れに、私たちの頭の中はその瞬間、どうしたら一刻も早く安全な場所まで逃げ込めるか、それだけで一杯になりました。必死に湖岸目指して船を漕ぐ私たちに、今しも波がおおい被さってきます。これがほんの少し前まで、あんなにも静かで悪意の微塵もなかった湖だなんて、誰が信じられましょうか。

思えば、船くらい恐ろしいものはありませんね。まったくの浅瀬でさえ、船みたいな乗り物にこの身を委ねるのは嫌なもの。ましてや、底知れぬ深さ――千尋くらいありましょうか――の所で、貨物や手荷物の類を積み込んで、自分と水の間が、わずか一、二インチの木材だけだなんて！[5] ところが、身分の卑しい漕ぎ手たちときたら、少しも怖がらずに、一歩まちがえば命も落としかねない所を走り回るのです。

船積みにしたって、太さ二、三フィートはあろうかという松の大木を、半ダースまとめて船倉に投げ入れるさまには驚かされます。お金持ちが乗るのは、もちろんキャビンのある船で、運よく船の中央に座れた人には悪くない乗り心地ですが、両端近くなんかに座ったらたいへん、目が回ってしまいます。革紐と呼ばれる、櫓をきちんと止めておくものがあっても、その弱々しさは尋常ではありません。一本でもぷつんと切れてしまったら、漕ぎ手はたちまち溺れてしまうでしょうに、紐はどれも見るからに細いのです。

私たちのキャビンはとても奇麗で、房飾りつきのカーテン、両開きのドア、それに引き鎧戸が付いていました。もちろん、先に紹介したような船の船室ほど重いわけではないのですが、それでも小さな家くらいはありました。何より怖いのは、ほかの船が目に入ること。遠方のあちらこちらで水に浮かぶ様は、よくおもちゃに作った笹の葉っぱみたい。やっとのことで辿り着いた港には、甲板に松明を灯した船がいっぱいで、素晴らしい眺めでした。ハシと呼ばれる、とても小さな漕ぎ舟で、せっせと働く人たちの気の毒なことといったら……。断固として船はごめんだという人が、ごく普通の人たちの中にもいるわけが、私には頷けます。[6] 陸路というのも、大いに危険なのは確かでしょう。

1　原文は「(雨が降ると)立派な細殿でさえ素晴らしく感じられないのだから、ましてや、つまらぬ家などは～」という文脈。
2　接続詞「また」が、「次の機会に」と誤解されている。
3　二六二(286・286)段「うちとくまじきもの」から。
4　原文「若き女」は清少納言ではない。以下も、一貫して作者の体験報告風にまとめているのが英訳の特徴。
5　原文「水際はただ一尺ばかりだになきに」は、舟のはたから海面までの距離をいう。荷物の重みで舟が沈み込んでいる。
6　原文は「ある程度の身分の人は、舟などに乗るべきでない」の意。

でもたとえ何があっても、私たちの足がしっかりと大地の上にあるということ、これぞ気の安まる話ではありませんか。

ハセデラ（京都に近いカンノンの寺院）への巡礼[1]

部屋の支度をしてもらう間、私たちのくるま《キャリッジ》（牛のくびきはもう外されていました）は、お寺へ登る丸太階段の下に止められました。若い僧たちは、法衣《カソック》の下には帯だけ《ボディベルト》で、アシダと呼ばれる木靴を履いているのですが、足元を気にする風もなく、急ぎ足で階段を上り下りしています。スートラの一句、時にはアビダルマ・クシャ（ヴァスバンドゥの説いた説一切有部の哲理）[2]のリズミカルな一節などを朗唱しながら歩くその様は、場所柄にふさわしく、心地よくもありました。実際にこの足で登ってみると、何とも危険極まりなくて、脇の方を這うように進むのがせいぜいで、手すりから手を放すなんてもってのほか。なのに若い僧たちは、まるで板の間の上を行くように、すいすいと歩くのです。

「お部屋の支度ができましたよ、すぐにでもどうぞ」

誰かが声をかけてくれ、みんなにオーバーシューズを配って、中へ招き入れてくれました。[3]早くもそこは、巡礼たちでいっぱいです。貧しくて新しいのが買えずにコートを裏返しに着ている人がいるかと思えば[4]、宮廷服や中国紋織りのクロークで目に余るほど豪華に着飾っている人もいます。ものすごい数のソフトブーツ（モスクの中で、外用の深靴の上に履くスリッパのようなもの）[5]や上靴たちが、廊下を摺って行くのをわくわくして眺めながら、私は宮殿の天子の間を思い出していました。

場所柄に精通していそうな若い男たち（たぶんお寺の下働きでしょう）[6]が、

「さあ、あと数段上がって」

「今度は下りて」

などと、暗がりの中、私たちが転ばないように付き添ってくれます。でもすぐ後ろからは、（どんな人かは分からないけど）はや別の一行が。そのうちの何人かが、私たちを押しのけようとしたものだから、ガイドさんが彼らに下がるよう頼んでくれました。この人たちは宮殿からの御一行だから近寄ってはいけない、といって。大方の人はすぐに、

「おや、本当だ！」

と、下がってくれました。でも中にはお構いなしに先を急ぐ者もいて、まるで誰が一番にチャペルに辿り着けるかを競っているかのようです。私たちの部屋までは、居並ぶ人々の列の間を行かなければならなかったので、あまり良い気はしませんでした。ところがいざ部屋に着いてみると、そこからは、祭壇（厳密には祭壇の前の低い柵）[7]の中央まで、まっすぐに一望できたのです。何か月もの間、ここを訪れずに過ごせた自分が不思議に思えるほど、それは奇妙に心動かされる眺めです。昔懐かしさが、またもこの身に込み上げてくるのでした。

1　一〇三（124・116）段「正月寺に籠りたるは」。折々の寺籠りを随想風にまとめている。英訳は正月参詣一般について記す冒頭部を省略、以下も作者の長谷寺参詣体験記としての体裁を遵守する。なお本文の「長谷」は、三巻本では「清水」。

2　原文は「何ともなき経のはし」と「倶舎（阿毘達磨倶舎論）の頌」。ウェイリーは訳語にサンスクリット語をあてる。Vasubandhu は世親。四～五世紀の人で、『倶舎論』『唯識三十頌』ほかを著す。

3　原文「履どももてきておろす」は、参詣人を車から降ろす時のこと。英訳は時間軸に沿ったレポートと読むため、以下も原文との乖離を招いてゆく。

4　底本「衣かへさまに引き返しなどしたる」による。三巻本（衣うへさまに～）によれば「着物の裾を上の方にはしょる」意か。「貧しさ」ゆえとするのはウェイリーの解釈。

5　原文「深履」、底の深い革製のくつで、雨天などに用いた。

6　「内外など許されたる若き男ども、家の子など」。参詣する一行の、奥向きにも出入りを許された若い男や一族の子弟などをいう。原文では、彼らを観察する視点が並存されている。従って、後文の「この人たち」（原文「人」）も清少納言たちのことではない。

7　原文「犬防」、仏堂の内陣と外陣とを仕切る格子。その中をのぞき見た気持ちが「尊し」とされている。

祭壇の灯りは、チャペルの外にある普通のものではなく、[1] 巡礼たちがこの聖堂に献納していったランプです。それが怖いくらいに燃え盛るなか、ブッダはこの上なく荘厳な感じに輝いていました。僧たちが次々と、両手で巻物を捧げながら祭壇前の聖典台《レクターン》に近づいて、祈りの言葉を朗読します（彼らはそれぞれのパトロンに代わって、祈りを捧げるために雇われている）。でもあまりに大勢が動き回っているので、ひとりひとりの僧の言葉を聞き取るのは不可能でした。まれには誰かの声が、息継ぎの合間に他を圧して、一瞬耳に届くこともありますが、それでも、

「幾千もの灯火は……のために捧げ……」

といった具合で、名前までは聞き取れないのです。[2] ドレスの飾りリボンを肩から後ろへ垂らした状態で、[3] 祭壇に向かってひれ伏していた私の所へ、ひとりの僧が近づいてきてこう言います。

「これを、あなた様にお持ちしました」

見ると、それはアニスの大枝（仏壇の飾りに使われるもの）、敬虔さを示しただけなのでしょうが、とても好感の持てる心配りです。直後には別の僧が祭壇の方からやってきて、私たちのために「ことさら念入りに」祈願の言葉を唱えておいたと言い、どれくらい滞在するつもりなのかと訊いてきます。私たちの方は、寺にお籠りしている何人かの名を、この僧から聞き出したのでした。彼が出て行くや、すぐまた別の僧が、火鉢だの食べ物だのを運んでくれます。手洗い用の水は、注ぎ口付きのポットに入っていて、洗い桶には取っ手がありません！

「お供の人たちには、向こうに個室を用意しておきました」

そう言うと、僧は彼らを一人ずつ呼んで、宿の割り当てをしてくれました。今しも経典の朗唱が始まろうとするとき、お寺の鐘が鳴り響きます。

「私たちのための鐘の音なのね」

そう思うと、安らぎもひとしおです。

（おそらくは、次のような詩か何かの引用だろう。「夕暮れの山寺に響く鐘の音、われらがために鳴ると思えば、この上もない慰めよ！」[4]）

お隣には、どこにでもいそうな男の人がいて、その間ずっと、頭を床にぶつけてまで深々とひれ伏しています。最初は、これ見よがしの演技に違いないと思ったのですが、すぐにこれは祈りに没頭しすぎているせいだと分かりました。[5] こうして何時間も、一睡もせずに祈り続けるとは！　祈りの合間のわずかな休みにも、男はスートラを唱えます。とても厳粛な響きでしたが、声が小さすぎて、何を読んでいるかまでは聞き取れません。もう少し大きな声で読んでくれないかしらと思った矢先、いきなり声が止んで鼻をすする音がしました。不愉快なほどの大きさではなく、品良く忍びやかに。どんな悩みごとが、彼にはあったのかしら。祈りの聞き届けられることを、私は切に願わずにはいられませんでした。

お寺に籠って数日が経ってみると、午前のうちは、代わり映えしない毎日になって行きました。[6] お付きの男の人や少年たちは、決まって僧を訪ねて個室の方へ行ってしまうので、私たちには楽しみのひとつも残されていません。そんなとき、突然近くで法螺貝の音がして、たいそう驚かされるのは常のこと。

1　原文「みあかし常燈にはあらで」。仏前の灯明は常灯明（不断の灯明）ではない、ということ。
2　「大勢の祈願の声で堂内は揺れんばかりだが、懸命に張り上げる僧の声からは、かろうじて願主の名が聞き取れる」ということ。参詣者の「名前」への執着は英訳に固有の心情で、以下の場面でも強調されている。
3　底本注「裳の掛帯」による。ここは、寺社参詣における斎戒のしるしとしての掛帯（胸から背中にまわして結ぶ）だろう。
4　引歌はウェイリーの創作か。
5　底本「額などつく」を、ウェイリーは男のパフォーマンスと解したらしい。書き手はその気配を隣室で聞いている。
6　原文では、昔と今の参籠の様子が対比されている。

（一七七二年、大学者モトオリ[1]がこの寺を訪ねたとき、蛇の時―午前九時―に吹かれた法螺貝の不意の大音響に驚いている。とっさに彼の脳裏に『ピローブック』のこの件がよぎり、「ショーナゴンが自分たちの前に立ち現れたかのように思われた」『スガガサ・ニッキ』第三の月七日。また、ムラサキが『テイル・オヴ・ゲンジ』で、長いこと行方不明だったタマカツラとウコンとの再開場面を設定したのもこの寺である。モトオリによれば、この辺りの人々は『ゲンジ』の登場人物を架空の存在とは考えておらず、タマカツラの墓なるものを教えてくれたという。）

あるいは、上品なタテブミ（折り畳んで手の込んだ結び目にした短い手紙、この場合は特別な礼拝や祈祷の指図も含まれていたようだ[2]）や、儀式や礼拝のお礼の品を持って来て、そこに置いた使いが、ここまできて運ぶようにと寺の下仕えを怒鳴りつける声が、しだいに甲高くなっていって、山々にこだまするまでに響きます。耳をつんざくばかりのお寺のどらが、不意に鳴り響くこともしばしば。何を始めるつもりなのかと訊くと、彼らはさる大邸宅の名を答えます。

「そこの奥様の安産祈願（キョーゲといって、禍いなすものを〝教え、変えさせる〟儀式）です」

ご主人には、不安な時間ですね。僧たちが仕事にかかるまで、きっと安心して休むことはできないでしょう[3]！

　でもこうしたことはすべて、お寺では平常の時に限られます。例えば新年ともなれば、観光客や巡礼たちが[4]引っ切りなしに押し寄せて、それはひどいごった返しようです。おかげで、礼拝もままならないことがしばしばなのです。

　ある晩のこと、都から大人数の一行が到着しました。こんな時間だから、きっとお泊りね、と私たちは思っていました。一行の宿舎の囲いとなる丈長の屏風の重さに、小さな侍祭たちはもうふらふら。マットをどさっと投げ出す音がこちらまで聞こえてくるのですが、あれこれをきちんと設えようと、みんな慌てふためいているようです。一行はそのまま宿舎へと通されて、チャペルの構内と部屋との仕切りの柵には、さらさらと音のするカーテンが掛けられます。この人たちの気楽さは、明らかにお世話され慣れている者のそれです[5]。やがて、スカートの衣擦れが聞こえてきたかと思うと、しだいに遠くへ消えて行きました。その音から察するに、かなり年配の貴婦人で、品も良く分別ある人たちなのでしょう。彼女たちの礼拝は、間違いなく旅の行きがかり上のもの、だから今しも帰途につこうとしているのです。

「火の元には気をつけて」

一人の声がしました。

「ここらの部屋はとても危ないから」

中には、七、八歳の男の子もいたのですが、声から察するに、かなりわがままで生意気そうです。(6)その子が、従者や馬丁たちを呼び付けて、あれこれ話し込んでいるのを聞くのは愉快でしたけれど。また、三歳くらいの愛らしい赤ん坊もいて、眠い子がよくやるみたいに喉を鳴らしているのが聞こえます。そのお母さんでも誰でもいいから、乳母を名前で呼んでくれないかしらと、私たちはそればかり期待していました。(7)そうすれば、この人たちが何者か、見当も付いたでしょうに。

その晩は、礼拝が明け方まで続いたため、騒々しさに私たちは一睡もできませんでした。私は、ゴヤ（午前三時頃の

1　本居宣長（一七三〇〜一八〇一）。近世の国学者。引用は『菅笠日記』明和九（一七七二）年三月七日の件から。同日条に、玉鬘《たまかずら》（玉鬘巻にて右近と再会）の墓の話にも触れている。

2　「立て文」は、書状を縦長の紙で包んだもの。ここは願文だろう。原文は「立て文を供に持たせた男」が読経料の布施物をそこに置いて、の意。

3　原文では（御産が）気がかりでつい祈ってしまうのは、書き手の側。

4　原文の主語は「物のぞみなどする人」。除目を控え、官位昇進などの祈念に来る。

5　ここまで原文は、日暮れに参詣人を迎えた小法師たちの手馴れた動作をうつしている。英訳は参詣人を主体とするため、以下も付会が多くなっている。

6　原文「愛敬づき（愛らしく）をごりたる声」。さらに、その子の態度は「いとをかし」と評されている。

7　原文では、その稚児が「乳母の名」や「母」などと呼んでいる。

早朝礼拝）の後にちょっとだけうたた寝しましたが、乱暴で耳障りな詠唱の声に、すぐに目を覚されました。それがまた、美しさとか神聖さとかいうものを、ことさら排除しているかのような声なのです[1]。唱えているスートラは、このお寺の守護者のもの（カンノンのこと、『ホッケキョウ』第二十五章[2]）だと分かりました。この手の荒々しい声は、きっと遠くから来た山の隠者でしょう。それがあまりにも不意に耳に飛び込んできたものだから、妙に感動的でもあったりして……。

こうしてお籠りしているとき[3]、というより家を離れるときはいつも、お供が馬丁や召し使たちだけでは、私には物足りません。ともに楽しみを分かち合える、同じ階級の仲間たちがいてほしいし、本当のところは、連れて行く友達は多ければ多いほど良いのです。女中のなかにだって、少しは退屈しのぎになるようなのはいましょうが、だいたい言うことは高が知れていますから。

殿方たちも、この件に関しては私と同意見のようです。何しろ彼らはいつだって、気の合う仲間を集めてからでないと、お寺への巡礼には出掛けないもの……。

ハセデラにやって来る庶民たちは、身分が上の参詣者への敬意を、見事なまで欠くようです[4]。人の座席（ツボネ）の前に並んで、コートの裾が触るまでくっついて来たりします。こうした巡礼に、私は時々強い衝動にかられてやって来るのですが、恐ろしい水しぶきの音をものともせず、危険な土手道も必死に登って自分の席へと急ぎ、さあいよいよ荘厳な仏様のお顔が拝めるというそのとき、腹立たしくも視界が遮られてしまうのです。野暮ったい白の上着姿の僧や、田舎者の群れが、毛虫みたいにうようよとして[5]。後ろの人のことなんか、これっぽっちも考えずに陣取ります。ひれ伏して祈っている彼らのことを、押し倒してやろうと思ったことは一度や二度ではありません。

とびきり高貴な人たちの参詣なら、おのずとその前は空けてもらえます。でも普通の人だったら、もちろん彼らはわざわざそんな面倒なことはしてくれません。もし、顔のきく僧でも呼んで頼めるのなら、

「その辺り、もう少し空けてもらえませんでしょうか？」

などと、言いに行ってもらえましょう。ただし、その人が後ろを向いた途端には、もとの木阿弥なのですが。

ショーナゴンは、かつてボダイ寺の大礼拝に通っていた折のことを記しています。[6] ときに、誰かが手紙で伝えてきました。

「早く帰ってきて、寂しくて仕方ないから」

彼女の言うところはこうです。

「実はそのときの私は、周りで行われるあれやこれやに、次第に気持ちを煽られて、もうここを離れまい（尼になろう）と心に決めかけていたのです。まるで湘中老人のように（中国の人、川縁に座ったまま老子の『道徳経』を読み耽っていて、言い伝えの一つによれば、春の大水に流されるまで気付かないほどだった）[7]、家の人たちが私を待っていようと、もうどうでもよかったのでした」

1　後夜の勤行を終えて、うとうとしている耳に「ことさら尊くはない」法師の荒々しい声が飛び込んできたところ。英訳のように否定的には描かれていない。
2　『法華経』観世音菩薩普門品第二十五。
3　以下は章段末部分の訳。大幅な省略がある。
4　以下は二八七（308・一本27）段「初瀬に詣でて」。
5　原文「蓑虫のやうなる者ども集まりて」は、彼らの外見をいう。
6　三一（41・32）段「菩提といふ寺に」から。歌語り的な章段だが、英訳は和歌を省略。
7　底本の引く『列仙伝』の記事から。湘中老人が「黄老の書」を読みふけって湘水の増水に気付かず、家路を忘れたとの故事を引く。

レシタント（経典を朗唱する人）なら、ハンサムに限ります。[1] その人に視線が釘付けになるときの喜びこそが、敬虔な気持ち（原文では「トートサ」）を沸き起こすもの。ハンサムでないと、人はよそ見をはじめて、すぐに彼の読んでいるものから気が逸れてしまうでしょう。だからじっさい、顔の悪さは罪作りなのです。

（後年の筆）

こんなことを書くのは、もう止めるべき時が来ました。[2] かなりの齢を重ねてきたせいでしょうか、こんな罰当たりなたわ言を書いていたのかと思うと、空恐ろしいですね。思えばかつての私は、どこそこに徳の高い僧がいると聞けば、その人が開いている朗読会の会場まで、すぐに飛んで行ったもの。かりに私の辿り着いた境地が先のようなものだったとしたら、出掛けるべきじゃなかったと、今にして思うのです。[3]

退職した一等書記官たち[4]……、気付いたら時間を持て余していて、こうした礼拝をちょっとのぞきに来る、というのはよくある話。やがてはそれが習慣になって、夏のひどい暑さの中も出掛けることになります。その出で立ちは、自慢げに目立たせたアンダージャケットに、薄紫か青鈍色のズボンといったところ。中には、帽子にタブーチケット[5]を付けている人もいます。おそらく、自分が参加している儀式の霊験を信じるあまり、その特別な日に守るべきどんなしきたりにも目をつむっているのでしょう（父親の命日などは必ず家に籠っていなければならない。タブーチケット＝モノイミのフダとは、それを邪魔されないための印として身につけるもの）。彼はバタバタと急ぎ足で入って来るなり、礼拝で忙しい聖者にあれこれ話し掛けます。でもその間も絶えず後ろを振り返って、今しも車から降ろされる女性たちの方をチラチラとうかがい、[6] じっさい何か起これば、いつでもそちらにかまける用意ができているみたい。そのうち、しばらくぶりの友人などを聴衆の中に見つけるや、これは驚いたとか、嬉しいだとかを連発しながら近寄っていって、すぐ隣に座ります。そのまま雑談したり、頷いたり、面白い話をしたり、大きく広げた扇の陰でくすくす笑ったり、めかし込んだ数珠をじゃらじゃら鳴らして弄んだりするのですが、その間もずっと、四方八方に注意は怠りません。話の中身は、やって来る人たちの車の良し悪しだったり、昨今あちこちで催された礼拝の品定めだったり――誰それの八つの朗唱はどうだとか、ほかに誰が経典を奉納したかとか――、最初から僧の読み上げる言葉など聞いていないのです。もっとも、聞いていたとしても、それに興味を抱くことはないでしょう。なにしろ、もう耳にたこができるくらい聞いているわけだから、今さら感銘を得るなんて、無理な注文なのです。

筆のままに(7)

人は手紙をしたためるさい、できるだけきれいに書こうと腐心するもの。それから、遠からず何か言ってくるだろうことを信じて、返事を待ちます。恐ろしく待たされたあげくに届いたそれは、こともあろうに自分が書いた手紙。折り方や結び目はそのままですが、汚らしく指の跡が付いていて、宛名がやっと読み取れるくらいです。(8)

「あちらのご家族は、留守です」

1　以下、三十（39〜40・31）段「説教師は」前半部。
2　底本「この詞はとどむべし」。前文からそのまま続いている（「後年の筆」という注記はウェイリーの挿入）。
3　原文では、われ先に説教に出かける熱心な人々が「さしもあらじ（そこまでしなくても）」と評されている。書き手の信心が相対化されるところ。
4　以下、退任した「蔵人の五位」の話。その今昔を対比した部分は省略。
5　「物忌」と書いた札を烏帽子に付けている。「物忌」は31頁注2参照。
6　原文は、駐車にまで気を配る男の場慣れした様子をいう。なお、女性は車中で説教を聴いたので「車から降ろされる」ことはない。
7　以下は二一（22・23）段「すさまじきもの」、および二四（25・26）段「にくきもの」から。
8　原文では「結び目の上に引いた墨などが消えて」とある。

こう言って、使いが手紙を返してきたり、

「祭式の最中だから、どなたの手紙も受け取れないそうです」

ということも。こんな目に遭うと、がっくりして気が滅入ってしまいます。

だれかの訪問を待っている人が、夜も更けてきたころ、忍びやかに扉を叩く音を耳にします。横になったまま女中を見に行かせて、胸を少々ドキドキさせて待つことに。ところが、戻った彼女が告げた名はまったくの別人、しかも眼中にさえない人でした。気が滅入ることのうちでも、かなり最悪のケースです。

もうこれ以上は関係を持つまいと、心に決めた相手がやって来ます。ぐっすり眠ったふりを決め込んでいるにもかかわらず、取り次ぎの召使いの輩が起こしに現れて、「ブタのように眠りを貪って！」とでも言いた顔の、手荒い催促。こんなことはいつだって、腹立たしい限りです。

つき合っている最中の相手が、いつまでも過去の女性の話なんか持ち出すのは、[1]たとえそれが遥か昔に別れた人だったとしても、腹が立つもの。

明け方に帰ろうとしている恋人が、[2]昨夜の部屋のどこかに扇や紙入れを置き忘れて、それを探さなければなんて言い出した日には、もううんざり。まだ暗くて何も見えないものだから、彼は部屋の中を手探りで進んで、あちこちで物につかえては、「おかしいなあ」などと呟いています。やっとのことで紙入れを見つけると、サラサラ大きな音をさせて着物にねじ込んだり、扇ならシュッと勢いよく開いて、パタパタあおぎ始めます。そんな調子だから、いざ出発というときにも、こうした場面にあってしかるべき名残惜しさなんて味わわせてもらえずに、込み上げてくるものは、相手の不手際への腹立たしさばかり……。

自分の帰り際をどうすべきか、それをわきまえておくことが、男の人には大切なこと。まず第一に、あまりすんなりと起きるのは止した方がいいでしょう。

「さあ、明け方は過ぎてしまったわ。ここに居るところ、見られたくないでしょう……」こうした甘言を、多少なりとも相手に促すべきなのです。この人は帰りたくなくて、できるだけ長くいたいのだと、態度で示すのも好ましいもの。ズボンは起きてすぐ履いたりせずに、何はさておき恋人の耳元近くに寄って、ゆうべ言い残した睦言などを最後まで囁かなくては。この間、実は何をしてわけではなくても、ベルトをバックルで留めているように見えるのは、まずいことではないでしょう(3)。それから彼が鎧戸をあけて、ふたり一緒に両開きドアの所まで出て行きます。そんなときも彼は、自分を待ち受けている昼間の時間がどれほど疎ましく、また夜の訪れが待ち遠しいかを、彼女に話して聞かせます。そうすると、相手がそっと立ち去ったあと、彼女は過ぎ去りしひと時の甘美な名残を胸に、その後ろ姿を立ったまま見送ることができるのです。恋愛がうまく行くかどうかは、じっさい彼氏の帰り方しだい。仮にそれが、さっさと立ち上がってせわしなく動き始める、ズボンのウエストバンドをきつく締める、宮廷服や狩用ジャケットなどの袖を直す、いろいろ細々した物をかき集めて着物の折り目にねじ込んだり帯に挟んだりする、といった調子なら、愛想も尽きてこようというもの。

　私は、独身の男性のことを――火遊びを好むたちゆえに、ひとり身でいるような人のことですが――考えるのが好きです(4)。明け方に、色事めいたお出掛けから帰ってきて、彼は少し眠そうです。それでも帰宅するなり筆箱を引き寄せて、丹念に墨《インク》を擦ると、翌朝の手紙を書き始めます。それも頭に浮かんだことをただ書き付けるのでなく、それ相応につくろって、精一杯のきれいな字で。白の着物の上には、アザレア・イエローか朱色の服を羽織っているべきで

1　原文は、男が過去の女性のことを「誉めいひ出だしなどする」事態をいう。
2　以下「暁にかへる人の～」、今日の注釈書では別段（28・61）。
3　原文は、何気なく自然に帯などを結ぶ様子をよしとしている。
4　以下、二九五（317・182）段「すきずきしくてひとり住みする人の」。三巻本は「～ひとかず見る人の」。

しょう。薄地の白の着物は、いまだ露に濡れたまま。そのしずくに時おり目を落としながら、彼は手紙を書き終えます。でも手紙は、その場に控えるお付きの女官に手渡したりせずに、立ち上がって、小舎人童《ページボーイ》の中からこうした役柄にぴったりと思われる者を選び寄せて、耳元で何か囁いたあとで、手にしたそれを渡すのです。それから腰を下ろして、遠くに消えてゆく後ろ姿を見送ります。返事を待つ間、彼はスートラの所々を静かにつぶやくでしょう。まもなく、洗い水とかゆ《ポリッジ》の用意ができたことが告げられて、彼は奥の部屋へと入ります。そこで読書机に向かって座り、中国の詩に視線を落としながら、気に入った箇所は声高に朗唱するのです。体を洗って宮廷用クロークに袖を通すのですが、それは化粧着の代わり（ズボンは履いていません）(1)。そのとき彼は、『蓮華経』の第六巻を手にとって黙読しています。少したって、厳粛な気分も最高潮に達したころに――そう遠くない所から――戻ってきたのは先ほどの使い。主人の素振りからは、早速の返事を待ち受けている様が手に取るようにわかります。罰当たりなほどの素早さであれ、それもまた微笑ましいもの。恋する男の心は、読みさしの本を離れ、返事の思案へと移ってゆくのでした。

ある日、修道院長殿(2)（皇后の兄弟のリューエン）が、妹の式服嬢を訪ねて部屋までやってきた時のこと、男がひとりバルコニーの所に来て、

「ひどい目にあいました、いったいどこに行って訴えたらよいのやら」

と、今にも泣き出しそうです。

「どうしたの」

私たちが訊ねると、

「ちょっとだけ、家を空けなければならなかったのですが」と彼、

「そうしたら留守の間に、私めの寓居は丸焼けですよ。この数日というもの、まるでカキの殻の中のゴーナ（ほかの貝に強引にもぐり込む生き物）(3)みたいに、人の家に押し込められて、施しを受ける毎日です。火の元は、皇室厩舎の干し

草置き場のひとつです。そことは薄い壁一枚に隔てられただけでして、私の宿舎で寝ていた少年どもなんて、[4]もう少しで丸焼けでした。彼らにしたって、物を持ち出すなんてとてもとても」

式服嬢はそこで大笑い、私は一枚の紙切れを手にとって、こんな詩を書きました。

「春の陽射し強く、皇室の飼い葉を燃やすくらいなら、どうして望めるのか、あなたの宿舎が難を逃れるなどと」

（ここは地口が連発されているが、説明するには煩雑すぎる。[5]）

それを投げてやると、まわりの女官たちからどっと笑いが湧き起こり、中のひとりが男に声をかけました。

「これは、あなたの家が焼けたと聞いて、ひどく心配している人からの贈り物よ」

「詩の紙切れなんか、何の役にたちましょうや。とても私がなくした物の代償にはなりません[6]」

「いいから読んでみなさいよ」

誰かがこう言うと、

「読めって言い草ですかい！　書いてあることの半分でも分かれば、喜んで……」

「それなら、誰かに読んでもらいなさいな」と先の女官、

「皇后がお召しだから、わたしたちはすぐ行かなければなりません。だけどその証書さえ持っていれば、あなたの

1　原文「直衣ばかりうち着て」。経を読むために、直衣だけ着衣した。また、読経は「そらに読む」とあって「黙読」ではない。
2　以下、二七〇（293・294）段「僧都の君の御乳母のままと御匣殿の御局に居たれば」。底本の文意は「僧都の君の乳母（まま）と一緒に御匣殿（定子の妹）の御局に座っていると」。僧都の君（＝隆円　九八〇～一〇一五、定子の弟）が来たわけではない。
3　「がうな」は、やどかり。「人の家に尻をさして入れて」暮らす様を喩えたもの。
4　原文「わらはべ」。ここは自分の妻のこと。
5　掛詞が多用されている。
6　原文では、男がこれを火事見舞給付の短冊と勘違いして「物がどれくらいもらえるか」と色めきたっている。

悩みは解決まちがいなしよ」

これには大きな笑い声が。私たちは皇后の部屋へ向かう途中、彼は本当にあの紙を誰かに見せるかしら、それで何が書いてあるか聞いたら怒り狂うかしら、などと考えていました。

この話を私たちがすると、皇后も一緒にまた大笑い(1)。でも後になって、皇后は言っていました。あなたたちみんな、まったくどうかしていたようね、と。

かわいらしいもの(2)

メロンにかぶりつこうと、歯を立てる子供の顔。

「チュ、チュ」と呼ぶと、ぴょんぴょん跳ねて寄って来る子雀、捕まえて足を糸で繋いだりしておくと、親から虫などをもらっています。

ちょこちょこ走っている三つくらいの子供が、床に落ちている小さなものをふと見つけて、かわいらしい指でつまんで、大人に見せに来る様子。

尼さん風の髪型にした女の子が（我々がボブと呼ぶような髪型、後ろが扇のように広がって、こめかみに六インチほど被さる長さ）、何か見たくて、目にかかる髪を払いのけようと頭を後ろに反らしているの。

子供たち(3)

近くに住む四、五歳の子供たちがやって来て、いたずらの開始、いろんな物を手に取っては部屋中に投げ散らかし、ときには壊したりすることも。叱りつけては物を取り上げる、それを何度も繰り返したあげく、子供が自分の思い通りになるもの、ならないものを分かりかけた頃に、母親がやって来ます。すると子供の方は、今なら望みがかなうと

見て取って、お気に入りの物を指さすと、

「ママ、これ見せて！」

などと泣き叫びながら、そのスカートを引っ張るのです。

「お母さんは大人の話をしてるんだから」

彼女はこう言うだけで、もう取り合おうとしません。そこで子供はあれやこれやと引っ張り出して、ついには欲しい物を取ってきてしまいます。母親は「いけません」と言うだけで、取り上げようとも手の届かない所へやろうともしないし、たまに、

「だめですよ、壊しちゃうじゃないの」

などと言葉をかけることがあっても、どうみても怒っているというより面白がっている様子。子供同様、親の方まで憎らしくなります。自分の持ち物がこんなふうに扱われるのを、ただ手をこまねいているなんて、それこそ苦痛です。

「困ってしまうもの[4]」の中で、ショーナゴンは次のように言っています。

「見てくれの悪い子供が、両親の思い入れだけでちやほやされ、かわいがられている様子。親は子供がしゃべったことを何度も聞かせるの、声色まで真似て。」

1　原文「御前に参りてままの啓すれば、また笑ひさわぐ」。申し上げたのは「まま」。また笑ったのは女房たちで、定子ではない。

2　一三二（155・145）段「うつくしきもの」冒頭部。以下、正しくは「瓜に描いてある子供の顔」「急いで這って来る幼児」「尼そぎの髪を払いのけずに顔を傾けて物を見ている幼女」。

3　一三三（156・146）段「人ばえするもの」から。

4　八三（101・92）段「かたはらいたきもの」。

また、次のようなくだりもあります。[1]

「誰かとおしゃべりしている時に、ある人についての意見、たいていは悪口なんか言っているのを、幼い子供が聞きつけて、当人に全部しゃべってしまうことがあります。これは本当に居たたまれないわね……。」

「悲しい話を聞くと、私は同情せずにはいられません。彼の目には涙が光って、悲しい話だということは重々分かります。なのにどうしたわけでしょう、こちらの涙が流れ出てくれないとは。顔を歪めて悲痛の表情を作っても無駄、いかんせんお手上げなのです。」

皇后宿舎に付設の女部屋のなかで、細い歩廊沿いの部屋ほど快適な所はありません。[2] 上部の木製簾（ヴェネチアンブラインドのようなもの）を巻き上げると、[3] 風がよく通って、夏でも涼しいのです。冬には、風と一緒に雪やあられが舞い込むこともありますが、それさえも素敵。部屋には奥行きがなくて、皇后の部屋に近いというのに、少年たち（家などから言づてにやってくる）が礼を欠くことも多いので、私たちはふだん屏風の陰に身を隠しています。[4] そこは静けさが何よりで、宮殿のほかの棟からの耳障りな大声や笑い声など、まったく聞こえてきません。

いつも気を張り詰めてなければいけない、こんな感じが好きなのです。昼間もさることながら、夜ともなれば、何が起こってもいいように、常に心の準備をしておかねばなりません。一晩中、外の廊下では足音がしています。それが時には誰かのドアの前で止まって、指一本で軽いノックの音が。でも中の女官には、すぐに誰だか分かるのでしょう。ノックが長く続くこともありますが、中の人は眠ったふりに違いありません。衣擦れの音や、寝椅子の上でそっと寝返りを打つ音が、結局は聞こえてくるのですから。彼女も男を気の毒に思ったのでしょう。

夏には、外で苛立つ男の扇の動きまで、女は逐一聞き取れます。冬になると、どうしても火鉢の灰をそっとかき回す音が男の耳に入るので、ドアを叩くその手にもしだいに力がこもって、入れてくれよと、彼が大声を上げることも時にはあります。[5] そうこうしながら、男がしだいに体をドアに押し付けてくる気配が、手に取るように分かるのです。

五番目の月に、とある山村まで車を走らせるのが、私は好き。[6] 道の行く手の水たまり、青々とした草むらにしか見えないのに、車がゆっくり一直線に分け入ると、浮いているだけの見慣れぬ細い雑草が、下の透明なまばゆい水と一緒になって目に飛び込んできます。水たまりは浅いのに、騎手たちが渡ってゆくその急ぎ足が、水しぶきを盛大に跳ね上げて、美しい眺めになります。生け垣の間を走って行くと、葉の茂った大枝が車の窓から飛び込んでくることも。でもどんなに素早く手を伸ばしても、つかみそこねてばかりです。

ヨモギの小枝が車輪に巻き込まれることもあるけど、車輪が枝を運び上げてくれるおかげで、窓には香ばしい薫りが立ち込めます。

私が大好きなのは、[7] 目に染む月明かりの晩に川を渡ること、踏みしだかれたその水が、クリスタルのかけらと見紛うほどに、牛の足元に飛び散るのを眺めること。

1　一〇九（131・123）段「はしたなきもの」の一節。

2　以下、六三（78・73）段「うちの局は」前半部。舞台である「細殿」は登華殿の西廂。そこを間仕切りして女房の局とした。

3　原文「かみの小蔀あげたれば」。小蔀の上半分を釣り上げている。

4　原文では、童を屏風の内に隠す。以下も場所柄をめぐる誤解が目立つ。細殿は清涼殿への通路に面していて、人通りの多い所である。

5　三巻本では、激しく戸をたたく男に対し、中の女が「声を出して」返事している。このあたり、能因本と三巻本との間に異同が多い。なお、次文で「体を寄せる」のは聞く人の動作で、外の男が、ではない。

6　以下、一八三（204・207）段「五月ばかり山里にありく」。

7　以下、一八七（208・216）段「月のいとあかきに」。

二番目の月には、大評議会の役所で、あることが行われます。[1]詳しくは分かりませんが、テスト[2]と呼ばれています（六位以下の役人のための審問のこと）。同じ頃、シャクデンという行事も行われ、[3]人々がクジなどを掛けるのは確かこの時です。彼らは、ソーメイと呼ばれる何かを天皇・皇后に贈ります。それは石のポットの中に入っていて、とても風変わりな物が含まれています。

（クジとは孔子のこと、これは孔子とその弟子たちを祭る儀式で、中国語で Shih tien という。この一節を引いたのは、女性たちが男性の行事について驚くほど疎いことが分かるので。）

何にもまして、人は思いやりを尊ぶもの。[4]とりわけ男性はそうなのでしょうが、女性だって例外ではありません。思いやりのないことを言ったときは、誓って悪気などなくても、人は後悔の念に苛まれるものです。相手の悲しみに深く同情していなくとも、実際に不幸な有り様だったら、「なんてお気の毒な」と言うのはたやすいし、また彼がひどい苦境にあるようならば、「どんなにお辛いか、よく分かるわ」と言うことだって。それもこうした言葉は、直接よりも人づての方が功を奏すはず。

こちらの同情を人に知らせる術は、常に心得ておくべきなのです。相手が親族か何かだと、はじめから優しい応対が期待されているので、特に感謝はされにくいけれど、思いもよらない人から優しい言葉をかけられれば、喜んでもらえること請け合いです。これはいとも簡単で、当たり前のように聞こえるけれど、不思議と実行している人は稀なのです。どうも気立てのよい人は、決まって賢さに欠け、頭のいい人はえてして素直じゃないみたい。これは男にも女にも言えますね。でもよく付き合えば、気立てもよくて頭も切れる人だって、本当はたくさんいると思うのですが。[5]

好感度が抜群の顔立ちというものは、見るたびにわくわくする楽しみがあります。[6]これが絵だとそうはいきません。何度も見ているうちに、興味が失せてしまいます。だって、いつも座る席の近くに立っている屏風の絵には、それがどんなにきれいだって、あなたはちらりとだって目をくれないでしょう！

ただ（扇や鏡や花瓶といった）物の場合には、全体的には不格好でも、ある一点が好きということがありえましょう。顔はこの点がだめですね。すべてひっくるめて素晴らしくなければ、気持ちはよくないもの。

【物語のプラン】(7)

ある若者が母親を亡くす。父親は彼をとても大切に思っているものの、再婚することに。継母とはまったく反りが合わず、若者は彼女の住まいと一切の交渉を絶つ。すると着る物にも不自由が生じ、年老いた乳母や、いぜん母親に使われていた女中たちに繕ってもらう羽目に。彼には棟のひとつの一角が与えられ、客人のような扱いで、部屋の屏風と羽目板には、これも一流の絵師による絵が。宮廷での彼はとても評判がよく、誰からも好かれている。天皇はとりわけ彼がお気に入り、いつもお召しになっては一緒に音楽会に出掛けたりする。しかし若者の心は塞いだまま、自

1　以下、一一三（135・127）段「二月官のつかさに」（底本では「頭の弁の御もとより」以下とは別段）。
2　原文「定考《こうじょう》」、八月に行われる昇任儀式。ここは、その面接に当たる二月の「列見」と同一視されているらしい。
3　「釈奠」は、二月と八月に孔子の画像（孔子《くじ》）などを掛けて祭る儀式。次の「聡明」は、その折の供え物（なお、「釈奠云々」は底本＝春曙抄による）。
4　以下、二三二（なし・251）段「よろずの事よりも情あるこそ」。原文は、情け深い言葉を聞かされる側の心情を述べており、英訳とは最後まで立場が逆。
5　原文では最後に「また、さる人（気立てがよくて才能もある人）も多かるべし」の一文が、やや唐突に添えられている。英訳は「よく付き合えば」を補って、その矛盾を解消する。
6　以下、二三四（312・253）段「人の顔にとりわきてよしと見ゆる所は」。人の顔のなかで、特にすばらしい部分をいう。英訳は顔立ち全体とするため、その主旨が食い違う。
7　二七一（294・295）段「男は女親なくなりて」。物語風の随想段。以下、原文の主体は「父親」だが、英訳では「男」が主語。

分の居場所がない気がして、生活に満足感もない。彼の本性は、狂気の一歩手前というほど多情なのに違いない。(1)たったひとりの女きょうだいは、この国の最上流貴族と結婚しているが、その貴族は彼女を盲愛しており、どんな気まぐれも満たしてあげている。彼女にだけは、若者も思いの丈すべてを打ち明けていて、その語らいの時を至上の慰めと感じている。

人を幸せにするもの(2)

読んだことのない物語が、たくさん手に入ること。

また、とてもわくわくする話なのに一冊目しか持っていなかった本の、第二巻を見つけ出すこと。期待外れに終わることも多いけれど。

誰かが破り捨てた手紙を拾うこと、その切れ端をつなぎ合わせたら、じゅうぶん意味が読み取れることが分かったとき。

ひどく取り乱してしまうような夢を見て、何かよくないことの前触れかしらと不安になったとき、夢解きに、特に問題はないと言ってもらうのは嬉しいもの。

（夢を解釈する人のこと。現代の専門家が、こうした頼もしい見解を持つことはめったにないが。）

私をいやな気分にさせるもの(3)

意地の悪い養母に育てられた子供。もちろん子供に罪はないのですが、なぜかその子に嫌なところがあると、ついそんな親と結び付けて考えてしまうのです。

「私には、どうしてだか理解できませんわ」

（と、養母は子供の父親に訴えます。）

「ほかの若い殿方たちはあれほど可愛がっておいて、この子には何一つしてくれないばかりか、見るのもいやといったご様子は」

怒りもあらわに、大声を張り上げる彼女。たぶん意味はよく分からないでしょうに、子供は養母の膝元に駆け寄って、わっと泣き出すのです。

あとひとつ、いやな気分にさせられるのは、具合がよくないと言ったとき、あまり好きでない女の子が(4)やってきて、私の傍らで横になり、食べ物を運んでくれたり、気遣ってくれたりして、こちらは知らん顔なのに付きまとって、しきりに世話を焼きに来ること。

歯痛(5)

美しい髪をした十七、八歳の少女、大きく広がるふさふさ髪を背中まで垂らし、ほどよくふくよかな上に、肌はまるで透き通るよう。文句ない愛らしさに見えるのですが、そんな彼女も、歯がひどく痛むときには涙で前髪がぐちゃぐちゃ、それに（本人は気付いていませんが）垂らした長い髪も乱れに乱れています。手で押さえられたその頬は、

1　ここに男の本性（nature）を持ち出すのは、ウェイリーの解釈。原文では、世間に対する疎外感が、そのまま彼の「すきずきしき心」に直結する。
2　二三五（254・258）段「うれしきもの」から。
3　二八五（306・なし）段「心づきなきもの」から。三巻本能因本とも、別に「いみじう心づきなきもの」という章段を持つ。
4　原文には「わびしくにくき人（＝うっとうしく憎らしい人）」とあって、語気が強い。こちらの気持ちなどかまわずに世話を焼く、その無神経さが気にくわない。
5　二八四（305・181）段「病は」から。

腫れて深紅色、いっそう彼女を愛らしく見せます。

病気(1)

八番目の月のこと。少女は、白く柔らかい布地の裏地なしの上着《ローブ》に、ゆったりめのズボンといった出で立ちで、肩に掛けた紫苑のマント（薄い紫色、裏地は鮮やかな青）も、この上なく華やかな感じ。ところが、彼女はひどく胸を病んでいるのです。仲間の侍女たちが、代わる代わる看病に訪れます。それに部屋の外では、大勢の若者たちが彼女を気遣って、

「何とも気の毒な！」

「今までこんな症状はあったのですか」

などと訊ねています。中には一目で恋人とわかる人もいて、かわいそうなその彼は、すっかり悲嘆にくれた様子。でもきっと人知れぬ仲なのでしょう、取り乱すまいと、一団から外れた所をうろついて、必死に様子をうかがおうとしています。その悲痛ぶりは、涙ぐましいほど(2)。

少女は美しく長い髪を後ろで束ね、今しも、ものを吐こうと寝椅子に身を起こすところ。苦しむ様を見るのはつらいけれど、こんな時でさえ、その優美な身のこなしに彼らは見とれてしまうのです。皇后(3)が容体を聞いて、すぐさま美声で鳴らした高名な経典の朗読者を遣わすと、枕元で読ませます。部屋はかなり狭いのに、今や多くの見舞い客に加えて、単に読経を聞きたいだけの侍女たちまでやって来るしまつ。全員がついたての内に入るなんて、とてもできそうにありません(4)。そこで隠れ所をなくした若い女性たちを、この僧ったら、経を読みながらチラチラ見てばかり。たぶん彼は来世で報いを受けるわね。

小高い松の木に囲まれた一軒の家(5)。中庭は広いし、コーシ（細い木を組んだ仕切りで、四つ目垣風に据え付けたもの）はすべて上げられていて、涼しく開放的です。母屋には四フィートのついたてがあって、その前に置かれた膝布団に座る

のは、三十か、もう少し年端が行ったくらいの僧。彼自身が見栄えしないというわけではないけれど、何より目を引くのは、その褐色のローブと光沢ある薄い絹のマントの、並はずれて優美なところ。僧は千手の仏様の文言を唱えていて、合間合間には、丁子染めの扇であおいでいます。

家の中には、ものに憑かれて、ひどく苦しんでいる人が横たわっているに違いありません。まもなく奥の部屋からにじり出てきたのは、かなり大柄な少女、きっと彼女が「霊媒」の役なのでしょう（僧の呪文によって病人に憑いている霊を霊媒に移す。霊媒は若くて健康なので、たやすくそれを除去できる）。髪うるわしく、誰の目にも凛々しい人です。出で立ちは、裏地なしの無地の絹のローブに明るい色のズボン。僧は、自分の右側に置かれた小さな三フィートのついたての前に彼女が座るや、ぐるりと向きを変えて、小振りでピカピカに磨かれた細棒を握らせます。それから急にすさまじい声を発すると、かたく目を閉じて呪文を唱えます。まずもって荘厳この上ありません。大勢の侍女たちもカーテンの後ろから出てきて、ひとかたまりで立ち見の見物です。[6]

まもなく霊媒の手足に震えが走って、トランス状態に。こうして僧の行ないを見守ったり、呪文が一つ一つ効果をあげてゆく様を目にするなんて、並みの体験ではありませんね。[7] 霊媒の後方には……、すらりとした十代の少年（た

1　二八四（305・181）段「病は」から。

2　底本では「思いを寄せる男」が心底嘆く様、「人知れぬ仲」ゆえに近寄れずに嘆く男の様が、各々「をかし」と評されている。英訳は両者を同一人物と解した。

3　原文「うへ」は天皇（英訳の「皇后」は、底本の注による）。

4　原文は「見舞いの女房たちが経を聞く姿が、家の狭さゆえ僧に見られてしまう」様をいう。「見舞い客」と「経をきく者」は別ではない。

5　以下、二九七（319・一本23）段「松の木立高う庭広き家の」。底本および三巻本能因本間に異同が多い。

6　底本「顕證《けそう》の（あらわな所にいる）女房」、三巻本「けそ（検分役）の女房」。いずれも「あまたゐて」とあるので、「立ち見」ではない。

7　底本では、僧に従って験を現す「護法（童子）」が称えられている。

ぶん彼女の兄弟でしょう）。数人の友人たちと一緒になって、[1]時々彼女を扇いであげています。彼らはおとなしく敬虔な態度でいるのですが、もし意識が戻って、兄弟の友人たちにこんな姿を晒したことを知ったなら、彼女の方はどんなにか取り乱すでしょう。決して彼女自身が苦しんでいるわけでないと分かってはいても、泣き叫び呻き続ける姿にはやはり心が痛みます。じっさい病人の知り合いの何人かは、彼女を気の毒に思って、ついたての端まで居ざり出て、服の乱れを直してあげようとしています。

しばらくすると、病気の女性がいくぶん持ち直したとの知らせ。お湯や何やと、必要なものが屋敷の奥から運び込まれてくるのですが、盆を手にぞろぞろ入ってくる若い女中たちは我慢できないのでしょう、そわそわして聖者の方を覗き見ています……。サルの時（午後四時）になると、とうとう憑いていた霊も意気地ない様になって、僧に退散させられることに。正気に戻った霊媒は、自分がついたての外にいることに驚いて、何が起こったかを訊ねます。そして極度の恥ずかしさと決まりの悪さから、長い髪で顔を隠すと、女部屋へすべるように出て行こうとします。[2]ところが、僧はしばし彼女を押しとどめて、まじないの手さばきを少々行ないながら、動揺を与えるようなにこやかな笑みをもって、[3]こう言葉をかけるのです。

「よろしい！　今やすっかり元どおりの貴女ですよね？」

それから一座の方を向いて、

「いましばらくお邪魔していたいところですが、そろそろ時間となりました……」

こう言い残して、屋敷を後にしようとするので、人々は大声で引き留めにかかります。

「供物を差し上げないと、おっしゃることは分かりますが……」

僧はそれでも、少しも意に介さずに立ち去る様子。そこで家の娘のひとりと思しき高貴な女性が[4]、女部屋の仕切りのカーテンまで出てきて、僧への伝言を召使いに命じます。我が家へ来て頂いたあなたの慈悲深く広いお心のおかげで、病人の苦しみも癒されました。心からお礼がしたいので、明日また来てはいただけませんか、と。

「この病はですね」と僧、

「非常に頑固なものですから、油断めされるな。私の修法にいくぶんか効果のあったことは喜ばしい限りですが」

それだけを言って帰って行く僧。残された者たちは、まるで今しがたこの家にいたのが、お釈迦様その人だったかのような気になるのでした。

九九八年八番目の月、皇后は二度目のお産に際し、最初の子、プリンセス・オサコを連れて、彼女付きの王室長官であるタイラのナリマサ（先のミナモトのナリマサとは別人）の屋敷へと移りました。[5] ショーナゴンは次のように記しています。

皇后の御輿《リター》は、わざわざ作り直された東門から運び入れられました。けれど私たち女官は、その先の小さな北門へ。衛兵所に人が詰めているなんて考えてもみなかったので、[6] 中には髪の乱れもそのままの人がいました。何を隠そう、直接屋敷へ連れて行かれるものと思い込んでいたせいで、みんな多少のだらしなさには目をつむって出掛けたのでした。運の悪いことに、その門は小さすぎて、日よけの高い私たちの車は通り抜けできません。門から屋敷まで敷き詰

1　原文に「友人たち」は登場しない。
2　底本「すべり入りぬれば」は、御簾の内へ入ろうとした。
3　ここは、底本が「はづかしげなり」を「（女の）きまり悪そうな様子」と訳している。本来は、立派な僧の様子を評した言葉。
4　原文「上臈とおぼしき人」。その家の上臈女房が、主人の口上を伝えている。
5　以下は六（6・6）段「大進生昌が家に」。底本にあるとおり、事件時は長保元（九九九）年。英訳の「九九八年」は『栄花物語』に拠ったか。定子は御産のため、平生昌（生没年未詳）邸へ行啓した。この「大進」は中宮職の三等官。
6　底本「陣屋のゐねば」。まだ警固の武官が配置されていなかった。

められた筵の上を、車から降りた私たちは最低最悪の気分で歩きました。人影がないどころか、衛兵所には廷臣や召使い[1]が大勢いて、しゃくにさわることに、こちらをじろじろ見ています。皇后に事の次第を話すと、

「ここにも物見高い人たちがいるのよ！　なぜ急にあなたたちがうっかり者になってしまったのか、私には分からないわ」

と、笑われてしまいました。

「でも、車は私たちの貸し切りでしたから」[2]と私、

「そこで見た目なんか気にしはじめたら、それこそおかしな話ではないですか。とにかくこうした家は、全部の門を車がちゃんとゆったり通れる大きさにすべきですよ！　主人が来たら、からかってやりますわ」

こう言った矢先、本当にナリマサが現れました。ぜひ皇后様用にと、手に持ったインクスタンドを私に手渡そうとします。

「あなたのことを、私たち、万事快く思っているわけじゃなくてよ。どうしてこんなに門の小さい家に住んでいるのかしら」

私はこう言葉をかけました。

「とるに足りない身分の人間ですから」

と答えた彼は、にっこりして言います。

「だから門も、それに合わせてあるのですよ」

「高い門に増築した誰かさんの話、なかったかしら?」

こう訊いてやると、彼は驚いたようでした。

「おっしゃることは分かります、于定国の話でしょう。でも失礼ながら、こんなことを知っているのは古臭い学者[3]

ばかりと思っていました。私だって、たまたまそうした道に、少々足を踏み込んでいればこそ理解できたのですから」

（これは于公の話。[4] 彼は息子の定国が出世して大物になるとの確信から、家の門を作りかえたという。逸話からなる小便覧、『蒙求』より。ショーナゴンはナリマサがあまり簡単に感心するのを笑っている。）

「道、と言ったわね！」

私は大声をあげました。

「さっきの道、あれはいただけないわ。筵でおおい隠されていたものだから、あちこちで転んでしまったもの。あ、ぞっとする……」

「大雨が続いていたんですよ」と彼、

「それでもまあ、おっしゃる通り。またほかにも文句を言われそうだから、退散することにしましょう」

そう言って出て行ってしまいました。

「どうしたの？　ナリマサを脅かして追い出したようだけど」

と、皇后。

「いいえ、ただ私たちが北門を通れなかったことを言っただけです」

こう答えて、私は自分の部屋へ下がりました。

1　原文「殿上人、地下なるも」。行啓に従った男性官人たち。

2　「貸し切りだから」という理由付けは、原文にはない。

3　原文「ふるき進士（文章生）」。「ふるき」に否定的ニュアンスはない。

4　于公は前漢の人で、于定国の父。この逸話は『漢書』にもみえる。

部屋は、数人の若い女官たちと一緒です。みんなひどく疲れていたので、何する気にもなれず、そのまま寝てしまうことに。そこは東の棟にあって、引き戸は建物の裏にある軒下の廊下へと通じています。引き戸の差し錠がなくなっていたことに、私たちは気付きませんでした。でも屋敷の主人はおのずと勝手を心得ていて、ほどなくドアの所へ来るなり、一、二インチほど押し開けると、怪しくうつろな声で言います。

「入ってもよろしいか?」

繰り返すこと数回。目を開けて見ると、今や五インチほどになった隙間の向こうに、立っている彼の姿が。それが誰かは、はっきり分かりました。というのも、私たちがついたての後ろに置いておいたランプのおかげで、たまたま照らし出されていたからです。もう可笑しいったらありません。普段の彼は、間違ってもこんな無体をはたらく人間ではないのですが、どうも皇后を家に迎えたことで、ほかの客たちを好きにできる権利を得たと勘違いしたらしいのです。

「そこを見て!」

私は大声で、隣の娘を起こしました。

「こんなことってあると思う?」

その声にみんなは頭をもたげて、ドアの所に立つ彼を目にするや、いきなりの大爆笑。

「そこにいるのは誰? 姿を見せなさい!」

とうとう私が口火を切りました。

「この家のあるじですよ、担当の女官と少し話をしておこうと思いまして」

「抗議したのは門の件よ、このドアのことなんかお願いした覚えはなくてよ」

「はいはい、その門のことで来たんですよ。少し中へ入れてもらってもよろしいでしょうか……」

「だめよ、決まっているじゃありませんか」

女官たちは口を揃えます。

「こちらの有り様を見ればわかるでしょう！」

「ああ、そうですね、若い方がおられるのなら……」

（時にショーナゴンは三十四歳くらい、ナリマサは五十歳。[1]）

こう言うと、ドアを閉めて行ってしまった彼。あとには大きな笑いの渦です。

まったく、ドアが開いていると分かっているなら、何はさておき中に入ればいいものを。厳かに名乗ったりしたら、色よい返事なんか期待できっこないのに。

次の日、皇后の所で私はこの話をしました。

「何とも彼らしくないわね」

皇后は笑って言います。

「きっと昨日のお手柄（于公の話の引用）で、あなたに興味を抱いたのね。でもあれは親切な人なのよ。そうやって、あなたに厳しく当たられてばかりじゃ気の毒ね」

皇后陛下は、プリンセス・オサコ[2]にお仕えする童女たちの衣装について、注文を出していました。いきなりナリマサが（このとき、口元を緩めずにいられた者はなかったと思います）、皇后の意向は決まったかどうか、訊きにきたのです。それも、子供たちのシャツの縁飾りは何色が良いかだなんて！[3]　彼はまた、プリンセスの食事のことも気にかけていました。

1　生昌の年齢は底本の注による（兄・惟仲の生年から推定）。

2　修子内親王（53頁注2参照）。当時、満二歳八か月。

3　原文では「汗衫」のことを「（衵の）うはおそひ」という生昌の言葉遣いが笑われている。

「ふつうにお出しするのでは、見てくれがよくないでしょう。お小さい大皿とお小さい食器台はいかがかと……」

（お小さい tayny とは、彼の気取った発音(1)）

「それから、あなたがデザインした素敵な肌着の女の子たちに給仕してもらってね」

と言い足したのは私。

「ナリマサを笑ってはいけません」

皇后からは、後でこう言われました。

「みんなが笑い者にしているのは知っているけれど、彼は真正直で慎み深い人なのだから……」

こうしたお叱りが、嬉しかった私でした。

ある日、何ということなく皇后と一緒にいたとき、人が来て告げるには、長官が私に会いたがっているとのこと。皇后はそれを聞きつけると、笑いながら言います。

「今度は自分から笑い者にされようだなんて、いったいどういうつもりかしら！　行ってみてごらんなさい」

見ると、彼は外で待っていました。

「門でしくじったことを、兄弟のコレナカに話したら、それは大問題だと言うのです。『その女官の時間のある時に、ぜひ会って、門のことをとことん話し合っておいた方がいい(2)』と忠告されましたよ」

ずいぶん面白いことを言う人だこと！　話はてっきり、例の晩のおかしな訪問のことだと思っていたのに、彼はこう続けただけ。

「あなたの部屋でご要望を伺えると助かります。特に用のないお暇な折りにでも……」

あとは一礼して行ってしまったのでした。

部屋に戻った私に、皇后が首尾を尋ねます。彼の言葉を伝えた後で、私はこう付け足しました。

「どうして呼ばれたのやら、皆目わけが分かりません。それもわざわざ勤務中にですよ。きっと、あのあと彼は私の部屋にやってきていたのかもしれませんね[3]」

「彼はこう思ったのよ」と皇后、

「コレナカが、どれだけあなたのことを重く見ているか伝えれば、きっとあなたが喜ぶだろうって。だから一刻も早く話したかったのでしょう。思い出してごらんなさい、彼にとってコレナカがどれほど絶対的な人物なのかを」

こう話してくれた時の皇后は、とても魅力的に見えました！

三か月後、皇后は第二子のプリンス・アツヤス[4]（一〇一八年に歿、享年十九）を出産。その翌年（一〇〇〇年）の第二の月には、国王の妻の位に上げられています。それまでは単に王妃の最高位のようなものだった地位が、天皇に比肩するほど重きに置かれたわけです。[5]彼女は第四の月に宮殿に戻るものの、第八の月には重い病に倒れることになります。[6]帝はその間、新しく迎えた側室のアキコ（プライムミニスター・ミチナガの娘）にもっぱらご執心でした。ちょうど一年

1　「ちひさき」を「ちうせい」という生昌の訛りが笑われている。ウェイリーは tayny（tiny の意）という訳語でニュアンスを伝える。
2　原文では、感心した平惟仲（九四四～一〇〇五）が清少納言に会いたいと言っている。
3　この台詞、三巻本では他の女房の発言。また原文の後半は「部屋に下がっている時にでも言えばよいものを」の意。
4　敦康親王（九九九～一〇一八）、二十歳にて薨去。
5　長保二（一〇〇〇）年二月、中宮定子を「皇后」、女御彰子を「中宮」と改めたことをさす。むろんこれは、彰子（61頁注4参照）を中宮に据えるために強引に画策された「二后並立」の異常事態。決して定子の地位が上がったわけではない。
6　定子の一条院滞在は二月十一日～三月二十六日までと、八月八日～二十六日。以後は再び三条宮に滞在するが、これは御産のため。このあたりの年時、ウェイリーは『栄花物語』によるか。

前、十一歳で宮殿にやってきた娘です。

当時のありさまは『エイガモノガタリ』（巻七）に見えますが、そこでは病の皇后周辺の陰鬱さと、天皇の住まいで行われた冬の謝肉祭の様子が対照を成していました。[1]

「公爵たちの何人かは、いまだ皇后に敬意を払い、たびたび見舞いに訪れて、ゴセチの祭りの様子や、それが都中の邸宅でいかに執り行われたかを、女官たちに話して聞かせました。彼らを歓待したのは、セイショーナゴンをはじめとする皇后付きの女性たちでした」

十二番目の月の二十九日（一〇〇〇年）、皇后サダコはこの世を去ります。プリンセス・ヨシコ[2]を産み落とした数時間後のことでした。

女主人を亡くした後、セイショーナゴンの去就は知られていません。ようやくその名が見出せるのは一〇〇九年のこと。『テイル・オヴ・ゲンジ』の作者であるムラサキシキブが、『日記』に次のように記すのを待たねばなりませんでした。[3]

「セイショーナゴンの人となりといって、何より目に付くのは、その驚くべき自己満足ぶりです。でも彼女が宮中で気前よく書き散らしてくれた漢字、そのこれ見よがしな書きっぷりだって、よく調べてみれば、せいぜい出来損ないの寄せ集めにすぎないことが分かるでしょう。彼女は他人をびっくりさせることにしか喜びを感じない人。だから新手の奇抜さもついには受け入れられてしまうと、そのたびにより一層の注目を集めるべく、あざとい手口にひた走るしかないのです。そんな彼女にだって、かつては非常に趣味もよく上品だった時期がありました。ところが今では、どんなに場違いな所でも、思い付いたらすぐそれをぶちまけずにはいられないような、すべてに自制のきかない人になってしまったわけです。彼女がまともな人間として扱われなくなる日も、そう遠くないでしょう。年老いて今の本分を全うできなくなったとき、彼女がいったいどんなことになってしまうのか、この私には想像もつきません」[4]

では、彼女はその後どうなったのでしょう。こんな言い伝えが残っています（『コジダン』巻二）[5]。ある日、廷臣たちが外出したさい、崩れかけたあばら屋のそばを通った時のこと。そのうちの一人が、先の御代の才女、あのセイショーナゴンがここに住んでいると噂話したところ、扉から老いさらばえた老婆が首を出すなり、こう叫んだといいます。

「古びた骨を買わないか」

この話を信じるならば、ショーナゴンによる有名な「文学の引用」の最後ということになりましょう。というのも、ここには蒙求の話が引かれているからです。競走馬というものはとても高価なのだから、たとえ骨だろうと手に入れる価値はある、というのがその主意でした。

また『ゾク・センザイシュウ』（巻十八）[6]には、「彼女が年老いて隠居住まいしていた時に、訪ねてくれようとした人へ」贈った、ショーナゴンのこんな歌が収められています。

1　『栄花物語』巻七（とりべ野）より。宮中で「五節、臨時の祭など」が行われたという記事に続き、「昔忘れぬ」公達たちが皇后御所を訪れて女房たちと語り合ったことが記される（当時、定子たちは三条宮に滞在）。
2　媄子内親王（一〇〇〇～一〇〇八）は十二月十五日に誕生。翌十六日に定子は崩御。
3　『紫式部日記』より。ウェイリーが敢えて一〇〇九年の記述と判断したのは、この清少納言評を含むいわゆる消息体部分の直前に、「寛弘六年」（一〇〇九年にあたる）という記載があるからだろう。
4　原文は、清少納言の軽薄さ（あだなるさま）を指摘した後、「そのあだになりぬる人のはて、いかでかはよくはべらむ」と、英訳以上に強い語気で結ばれている。また、英訳のように「かつての清少納言」は評価するという譲歩の仕方も皆無である。
5　『古事談』巻二の五六。清少納言の「秀句」（原文読み下し「駿馬の骨をば買はざるや、ありし」）の出典は『戦国策』。
6　正しくは『続千載（しょくせんざい）集』（第十五番目の勅撰集）の巻十七。この歌は異本『清少納言集』他にもみえる。

とうひとに
「あり」とはえこそ
いいはてね
われやはわれと
おどろかれつつ

訪ねてくれる人がいたとて
「彼女ならいます」と
こたえる気にはとてもなれなません
変に思わないでください。私だって取り乱しながら
本当にこれが私なのかと自問しているのですから。

ショーナゴンの性格

著作をみるかぎり、ショーナゴンの性格は矛盾だらけです。彼女は相手が誰であれ、ただ好かれるだけでは飽き足りず、誰よりも一番に愛される存在であろうと頑なまでに願っています。ところがその態度は、自身で記しているように、愛情よりもむしろ恐怖心を煽っているかのように映るのが常でした。また、ときに懐疑論者そのものだったかと思うと、ときには信心深くなり、異様に優しかったかと思えば、利己的で冷たくなったりもします。しかしだからといって、実際に彼女の性格が、これほどまでに厄介だったわけではないでしょう。むしろ彼女は自分自身のすべてを、それもあらゆる面から、曝け出してくれたということでしょう。概して日記の類の書き手というものは、自分の告白を公にするという明確な意思はないにせよ、本能的に同じ視点だけで描いてしまうものですが、それとは違うのです。こうした自己の突き放し方は、場面場面で催されてしかるべき感情から、彼女が不思議と逸脱しているという点にも通じています。だから彼女は、病の床をあたかも夕影のように描くことができます。そこに憐れを誘ってやろうなどという作為はこれっぽっちもなく、もっと言えば、嫌悪を催させるのではないかという、わずかな躊躇さえないのです。

最も強烈に私たちに訴えかけてくるのは、おそらく彼女の過激なまでの潔癖さと、気の短さでしょう。そのせいで、友とするには手に余る存在だったに違いありません。皇后とは他の誰よりも仲良くやっていたようですが、それは皇室一家への敬意があればこそ。過敏な神経も、やんごとない方の御前では制御されていたわけです。

作家としてのショーナゴンは、当代に比類なき詩人です。それは、歌人としても知られていた彼女の平凡なうたをいうのではなく、その散文によって十分に証明されています。嵐の湖、月明かりの川を一列になって渡ってゆく人々、こうしたくだりにみられる表現の美しさは、より熟考型の作家だったムラサキのかなう所でないことを確実に示しています。ショーナゴンの語りからは、翻訳してもなおその躍動感が伝わるはずです。そこには、あるいはより抒情的な一節にさえも、文学的効果を狙っているという素振りが微塵も感じられません。彼女は打てば響く鐘の音のように、自身を取り巻く暮らしの中のときめきや煌びやかさのすべてを、見たところ労せずして写し取っています。その繊細・精密な直観力の前では、レディ・アン・クリフォード[1]（これはたまたま浮かんだ名ですが）をはじめとする日記作家たちなど、鈍感な人種にみえてきます。

この才能は、人物を描いたときに、おのずと驚異的な威力を発揮するのです。ユキナリ、マサヒロ、ナリマサらは、揃って鈍物であるにもかかわらず、驚くほどめりはりのある個性を体現させられています。作者が唯一重きを置いて描いた女性、皇后その人もしかりでしょう。

ショーナゴンの文体は、ムラサキのそれと比べると、まったく「組織立った」ものではありません。しかし時として彼女も、『ゲンジ』と酷似したやり方で、従属節を幾重にも積み重ねてゆくことがあります。我々は、より早期の作品によって、次に来る作品の戸口に誘われるように感じることがよくあるものですが、このことは推定される両者の成立年代とも一致しましょう。『ゲンジ』が書き始められたのはおそらく一〇〇一年、ムラサキが夫を失った年とされており、一方の『ピローブック』は、二、三の例外的な記事はありうるにせよ、皇后サダコの亡くなった一〇〇〇年十二番目の月以前に書かれたものと考えられています。[2]

ショーナゴンはよく学識が高いと言われます。この点に関して、我々の唯一の情報源は彼女自身の著作です。そこでは彼女が『蒙求』を読んでいた形跡がうかがえますが、この本は教訓的な中国の逸話集で、九世紀から十九世紀にかけて、日本の子女の多くが学んでいました。また彼女は白楽天（中国の詩人では最も理解しやすい）の詩もいくつか知っていて、『論語』にも一度言及しています。日本の文学作品はというと、『コキンシュウ』から『ゴセンシュウ』までの詩には、概ね通じていました。中国文学に対する莫大な知識を持っていたとされる、ヨーロッパでの評判は、しかし時代を誤認しています。なぜなら、彼女の時代、それらはほんの一部分しか伝わっていなかったのですから。例えば八世紀の偉大な詩人たちなどは、全く知られてはいません。ただそれはそれとしても、「学識が高い」という言葉はあながち的外れではないでしょう。今日でも、多少なりとギリシア語をかじったことのある侍女は（またはギルバート・マレー[3]をかじった程度でも）、まわりからは学識が高いと評されるものです。けれども、ガートン[4]では誰もそうは思いません。同じように、ショーナゴンが宮廷で衆目を驚かせたその学識も、フジワラ氏の学院[5]では一顧だにされなかったのではないでしょうか。

じっさいショーナゴンの才能を際立たせていたのは、博学というより、当意即妙ぶりなのです。この点私の抄訳は、その本領を遺憾なく伝えているとは言い難いでしょう。引用や機知に富んだ応酬を味わうには、それらを咄嗟に理解できなくては話にならないのですから。ウイットというものは、大抵の場合、説明を加えた時点で雲散霧消してしまうものです。

ただ先の『論語』の引用（ユキナリとの逸話）などは、漠然とではあっても、その見事さを理解してもらえるのではないでしょうか。この種の才能に恵まれた者なら、それを嬉々として使いまくるのは至極当然のこと。『ピローブッ

1　Anne Clifford（一五八九～一六七六）。ジョージ・クリフォードの娘。『回想録』を著す。
2　事件時＝執筆時という理解から。現存枕草子は、おそらく定子の死後、改めてまとめられたものだろう。
3　Gilbert Murray（一八六六～一九五七）。英国の古典学者。
4　英国の女子大学。一八六九年創設。
5　勧学院（藤原氏一門の学生のための施設）。「勧学院の雀は蒙求を囀る」といわれた。

ク』中の逸話はほぼすべて、彼女の知的な応酬や巧みな引用を中心に展開しています。そこがまた彼女の非難される所であり、ムラサキがしたりがお（「してやったり！」という自己満足の態度）と評したことは有名です。ただ、生身のショーナゴンが、ムラサキが断言したように鼻持ちならない人間だったとしても、『ピローブック』を読む限りでは、かのしたりがおには嫌味な所がありません。我々がそこに感じるのは、ちょうど運動選手が走ったり跳んだりするのと同じように、ショーナゴンがその軽妙な機知を欣然と誇っている様なのです。

日本にはすぐれた肖像画が多くあります。しかし、現存するのは政治家や僧侶のものばかりで、タカノブによる「ヨリトモ」(1)（胸元に白い銘板《タブレット》を抱き、黒い三角形の服を着た頑固そうな顔の男、大英博物館にすぐれた模写がある）、チョー・デンスによる「ショーイチ・コクシ」(2)（大きな肱掛椅子に身を横たえた隻眼の老僧）などは日本美術の最高傑作の一つですが、私の知る限り、はるか後代にならないと女性の肖像画にはお目にかかれません。ムラサキやショーナゴンにしても、後世の人々が想像した姿――個性のない平安美人と言われるもの――でしか知り得ないのです。しかし『ピローブック』を読む限り、彼女は第一に見映えのよさに頼って世渡りしてゆくといったタイプの女性ではありません。一方、女官として宮中に出仕していたのですから、目を覆いたくなるような容姿だったわけでもありますまい。つまり彼女の見目は、人並みだったのではないでしょうか。よってM・ルヴォンが言うような「彼女がそんな容姿でなかったら、卑しきやからにみせた、小馬鹿にしたような態度を取るはずはなかった」(3)、それは幸運にも不器量な女たちとは区別されていたことの証しだろう、といった見解に従うわけにはいきません。しかしながら、ショーナゴンに多くの恋人がいたことは疑えないでしょう。とかくタダノブとの恋愛が取り沙汰されがちですが、この件に関して彼女は数頁分しか割いておらず、しかもかなり素っ気ないのです。思うに、本当の恋人は彼女と同じような身分の者がほとんどだったのではないでしょうか。タダノブは、やや回り道したとはいえ（妹が皇后のきょうだいと結婚したおかげで）(4)、程なくおえらいさんになってしまったのですから。ただ十世紀の八〇年代なら、まだ彼はじゅうぶんショーナゴンの手の届く存在だったので、彼女が宮仕えに出る前の話とするならば、二人が恋人同士だった可能性は否定できません。

次に紹介するのは、二人の付き合いぶりを記した最も長い部分です。(5)

私に関する馬鹿げた話を耳にしたタダノブは、すっかりそれを信じてしまって、かなりひどいことを言い出しました。例えば、あいつを人間と呼ぶなんて耐え難い、人として扱ってきた自分は何て愚かだったのか、なんて。天皇がおられる棟でも、私のことをひどく言っていると聞きました。不愉快ではあったけれど、私はただ笑っていました。「もし噂が本当で、私がその通りの人間ならば仕方ないわ。でも実際は根も葉もないことなのだから、いつか彼も思い違いに気付くときが来るわよ。とにかく放っておきましょう」それからというもの、黒戸の間を通り抜けるとき、私の声を衝立て越しに聞いただけで、彼は袖で顔を隠すのです。一瞬たりともこちらを見たら、気分が悪くなるとでも言いたげに。弁解する気などさらさらありませんでしたが、私もその度にあらぬ方を向く癖がついてしまったのでした。

1　藤原隆信（一一四二〜一二〇五）作として神護寺に伝わる「源頼朝像」。

2　兆殿司（吉山明兆　一三五二〜一四三一）作の「聖一国司（円爾）像」。

3　Michel Revon の *Anthologie de la littérature Japonaise*（1910, Paris）から。ただしルヴォンの主旨は、清少納言に対する「醜女」「モラルを欠く」「大酒飲み」といった当時の俗説への反駁であった。

4　『尊卑分脈』によれば、斉信の姉妹の一人が隆家室となっている。ただ、ウェイリーが指摘するのは『栄花物語』にみえる伊周と為光三の君との関係か。また、清少納言の斉信との関係は、あくまで「女房」としてのものだろう。

5　七十（86・78）段「頭の中将のそぞろなるそらごとを聞きて」の冒頭部。原文はここから長徳元（九九五）年二月の出来事と思われる「草の庵」のエピソードへと続いている。

二か月が過ぎ、ことは和解の方向に進んで行きました。ショーナゴンは記しています。[1]

彼は、自分の所へ来るようにと、使いをよこして来ました。（返事はしなかったけれど）その後私たちは、偶然出会うことになったのです。[2]

「ねえ、どうして私たちは恋人のままでいられなかったのだろう。今はあんな噂なんか信じちゃいないよ。二人の障害になるものなんて何もないんだ。長年親しくしてきた私たちが、こんなふうに離れ離れで、本当にいいの？　仕事がら、しょっちゅう両陛下の棟に出入りしているけれど、それが終われば私たちの付き合いもすっかり御破算ということになるのかい。二人だけの思い出までみんな」

「寄りを戻すことには何の異論もないわ。ただひとつだけ、私には気が済まないことがあるの。あなたが言うみたいに、これから付き合って行くとなると、きっと私はあなたのことを誉めなくなると思うの（むろん二人の情交は秘密なのだろう。ショーナゴンの困惑はひとえに彼女自身の良心からきている）。[3]ずっとそうしてきたみたいに、皇后の前で、[4]傍らに他の男性たちがいるのに、あなたを誉めるなんてね。私の言っていること、わかってくれるわよね。こういう状況って、きまり悪いものなのよ。人は内輪のことだと口を挟めなかったり、言いたいことも言えなかったりするでしょう」

彼は笑って言いました。

「それじゃあ、私は知らない人からしか誉めてもらえないってこと？」

「きっとそうね。仲直りすれば、二度とあなたを誉めるつもりはないわ。私が我慢ならないのは、男でも女でも、親しい人の肩を持ちたいばかりに、ほんの少しでもその人を非難しようものなら激怒するような人なの」

「ああ、君はそんなことをする人じゃないよね！」

彼は大声で言ったのでした。[5]

最後に私は、少し大きな問題を提示しておこうと思います。読者も不思議に思われるでしょうが、平安時代の文学的活況の中では、女性こそが驚くほど大きな役割を担っていたように見えること。いかにして彼女たちは、女性として比類なきほどの地位を確保するに至ったのでしょうか。

じじつヨーロッパの記録が示すように、文学作品に関する限り、これだけ徹底して女性だけがそれを謳歌していた時代はありません。男性はしかし、当時ものを書くときは、漢字を使うのがしきたりでした（例外はウタ、三十一音節の短い詩）。そして言葉だけでなく、評論や詩を書くときの気構えや中身まで、中国のそれに倣っていたのです。異論もありましょうが、偉大な作家であればこうした制約には屈しないことでしょう。つまり、ダンテやパラケルススのように、[6]自国語に活路を見出して行くはずなのです。しかしそれは文学の天才に対して、すぐれた改革者が持っていなければならない多くの資質をも要求することになります。日本で生まれたカナ（日本語を無理なく楽に書き記すことのできる唯一の文字）を使用することは、男らしくないと考えられており、これを使うことの恥ずかしさは、ロンドンの

1　以下は、一一六（138・129）段「故殿の御ために」から。事件時は長徳元（九九五）年九月。英訳が「二か月後」とする根拠は不明。また、これを七十段の後日譚とすることから、内容上も意訳が目立つ。

2　原文では斉信が清少納言を呼び出し、また会うたびに「どうして親しくつきあってくれないのか」と訴えている。

3　原文では、会話文中に「心の鬼」という言葉がみえる。ただし、親しい男性を褒めそやす事に対する気のとがめをいう。

4　原文「うへの御前」、天皇の前で。

5　原文「頼もしげなの事やと（斉信が）のたまふも、いとをかし」。斉信は不満を表明しているが、文末の「をかし」によって互いの了解が印象付けられている。

6　Dante（21頁注1参照）とParacelsus（一四九三～一五四一、スイスの医師、錬金術師）。

一流クラブ員[1]がスカートを履いてボンドストリートを歩くようなものだったのです。

　人類学者によると、女性というものは消えゆく文化、あるいは見捨てられた文化の保管場所になることが多いといいます。しかも彼女たちの保守主義は、新手の文字の習得を迫られたときに、より際立ってみえます。というのも、女性は話し言葉はすぐに使いこなしますが、難しい文字を努めて学ぶことには、概して不向きなように見受けられるからです。規模は小さくなりますが、同じような現象は千年後の日本でも再現されています。そのころ男性たちは、もっぱら外国文化の摂取に夢中だったのですが、結果として彼らの作ったものには少しも独創性が見られず、さしたる意義は持ち得ませんでした。そうした中、ひとりの女性（ヒグチ・イチヨー、一八七二〜九六）[2]が登場します。彼女の作品は十八世紀に人気を博した中篇小説を思わせ、同時代の擬似ヨーロッパ的な実験作を尻目に、長く読み継がれるものとなりました。しかしながら、十九世紀の日本の男性作家たちがツルゲーネフ[3]の模倣に明け暮れていたという事実が、イチヨーのような非凡の才を生んだ原因だというわけではないでしょう（彼女はお針子をしながら、十九から二十四歳までの間にやや長めの短篇小説を二十五篇、日記を四十冊、評論六篇を残しました）。同じように、平安時代にオノのコマチ[4]、ミチツナの母[5]、イズミシキブ[6]、セイショーナゴン、ムラサキ——といった才女たちが生まれたのも、男性が漢字の使用を余儀なくされていたせいではありません。十四世紀から十九世紀末までを見渡したとき、日本には著名な女性作家が一人も出ていない事実が、何よりその証しとなるはずです。

1　一流の社交会に出入りする上流人。
2　樋口一葉。生前二十二の小説と『通俗書簡文』（手紙の文範）を発表。日記は死後全集に収められた。
3　Turgenev（一八一八〜一八八三）、ロシアの作家。二葉亭四迷による抄訳をはじめ、日本文学にも大きな影響を与えた。
4　小野小町（生没年未詳）、平安初期の歌人。六歌仙のひとり。
5　藤原道綱母（?〜九九五）、平安中期の歌人。『かげろふ日記』作者。
6　和泉式部（生没年未詳）、平安中期の歌人。歌集のほか、敦道親王との恋を描く『和泉式部日記』が伝わる。

Ⅲ　英訳から読む枕草子

枕草子本文は、ウェイリーの手を経ることで、当然のことながら「英語」としての装いを要求されている。それはショーナゴン、エンプレス・サダコ、ロード・コレチカなどといった人物呼称から、より根本的な、言語じたいのアイデンティティの強要にまで及んでいる。その結果、時に私たちは、読みなれた枕草子とはまったく別のテキストと出会うことになるのだが、そうした違和感こそが、古語を古語として読み味わうための貴重な契機にもなりうる。

私たちは枕草子をどのように読んできたのか、また、その読みはいかなる根拠を持つのか。以下、英訳との対比から、無意識であれ私たちが依拠してきた、読みの制度をも自問してみたい。ただし枕草子は、伝来の過程で様々な再編集をこうむったと思われるため、眼前の本文に対する価値判断が、常に読者には要求されてもくる。そこで、いささか煩雑な話にはなるが、両者を比較するさいの前提として、まずは底本の問題から概説しておきたい。

●底本について

枕草子の諸本

現在、私たちが活字で読むことのできる枕草子は、ほとんどが三巻本と呼ばれる系統で占められている。清少納言の自筆本はもちろん伝えられていないので、後人の手になる伝本を読み比べた結果（あくまで相対的な評価ながら）、より原作に近いと考えられているからだ。こうした判断の根拠となるべき「本文研究」は、ちょうどウェイリーが『ピローブック』を刊行した一九二八年以降、わが国では本格化をみている（池田亀鑑「清少納言枕草子の異本に関する研究」など）。その第一の成果は、枕草子として伝わる諸本が、次の四系統に分類できることを明らかにした点だろう。

三巻本（安貞二年奥書本）の系統
能因本（伝能因所持本）の系統
堺本の系統
前田家本

三巻本と能因本は、様々な章段が雑然と並べられているようにみえることから「雑纂本」に、堺本と前田家本は、同種の章段ごとに分類整理されているので「類纂本」に大別され、前者を本来の形とみる説が有力である。

春曙抄本というテキスト

ウェイリーの時代、枕草子といえば「春曙抄本」と呼ばれるテキストが定本とされていた。春曙抄とは、近世の延宝年間（一六七四年の跋をもつ）に北村季吟によって刊行された注釈書で、穏当な注と本文が評価され、明治以降も広く読み継がれていた。ウェイリーが翻訳に用いた『枕草子評釈』（金子元臣著）も、従って同本を底本としている。だが本文研究は、春曙抄本の素性を、つまり、それが随所に後人の手が加えられた改訂本（能因本をベースに不審な箇所を三巻本などで改めたもの）であることも明らかにしていった。よって以後は三巻本にその地位を譲ることになるわけだが、それが本文研究がもたらした、もうひとつの成果ということになる。

金子元臣の『枕草子評釈』（上巻）が刊行されたのは、一九二一年のこと（下巻は一九二四年）。ウェイリーは（注釈の内容からみて）一九二五年の改訂合本版までは目にしていたようだが、描かれた事件の背景にも目を配り、詳細な「語釈」と「評」をもつこの注釈書は、当時としては望みうる最高レベルにあった。刊行まもない『評釈』をウェイリーが手にしたことの意義は、非常に大きかったといえる。むろん、後の研究によって『評釈』もまた多くの修正はまぬかれず、特に事件年時の特定については（訳注に指摘したように）訂正を余儀なくされる箇所も多い。だが留意すべきは、やはり底本の問題ということになるだろう。

先のような事情から、ウェイリーの用いた本文、春曙抄本は、現代の読者にお馴染みの三巻本とも、また一方の雄である能因本とも、厳密には一致しないからだ。従って、英訳と原文が食い違いをみせる場合には、「底本による相違」と「解釈による相違」という双方の可能性を、私たちは考えねばならないのである。

底本による相違

底本による相違とは、基本的に春曙抄本が現行本文（主に三巻本）と食い違う場合をいう。このケースは実際かなりの数にのぼるため、訳注での指摘も重要な個所のみにとどめている。ただ、『評釈』は時に独自の本文校訂も行っているので、結果的に底本が春曙抄本と一致しない場合も出てくる。訳文中では、例えば次のようなケースがある。

本書104頁の「人は思いやりのないことを言ったとき、誓って悪気などなくても、後悔の念に苛まれるのが常です（One always regrets an unkind remark, even if it was obviously quite unintentional～）」は、「なげの詞なれどげにくきはくちをしき事なり」（ちょっとした言葉であっても、憎らしいのは残念なことである）という本文を解釈したものだが、傍線部は春曙抄本にはなく、堺本から補われた本文であった。

また、109頁に「彼は（少女の方に）ぐるりと向きを変えて（he wheels round and～）」とある部分は、「こなたざまにひねり向きて」（こちらの方に身をひねって向いて）の訳だが、傍線部は春曙抄・三巻・能因本すべて「とざまに」（外の方に）とある。『評釈』の本文は、前田家本に拠っている。

解釈による相違

次に解釈による相違、つまり、春曙抄本と現行本との間に異同はないものの、その解釈が相違するケースがある。これはさらに『評釈』が今日の定説と食い違う場合と、もっぱらウェイリー自身の理解による場合とに分けられる。特に後者（英訳と『評釈』との不一致）は、ウェイリーが『評釈』の「口語訳」を必ずしも参照していなかったことを証してもいる。「現代の日本、日本語にはほとんど興味を示さなかった」ともいわれるウェイリーだが、やはり基本的に原文（古語）から訳文を起こしていたようだ。訳注でも指摘したように、その独自の解釈（多くは文化背景の相違や、意味の合理化からくる）は結果的に誤りであることも多いが、次のように『評釈』を正すような結果も見受けられて興味深い。

109頁、病人から物の怪を移される「よりまし」の説明で、原文「おほきやかなる童」を『評釈』は「年のいった童女」と解している。だが、正しくは英訳のように「a rather heavily built girl」（かなり大柄な少女）とすべきだろう。

こうした底本や解釈による相違に加え、英訳と原文との間には、先述のように根本的な隔たりが存在する。以下、いくつかの観点から論じることにしたい。

●整備される時間軸

束ねられる時間

ウェイリー訳において最初に本格的な紹介をみるのは、清少納言の新参時代を描く「宮にはじめてまゐりたるころ」（評釈一六〇段、以下本文も同書による。）の段であった。原文との対照もまた、冒頭の一文から際立っている。

宮にはじめてまゐりたるころ、ものの恥づかしきこと数知らず、涙も落ちぬべければ、夜々まゐりて、三尺の御几帳のうしろにさぶらふに、絵など取り出でて見せさせ給ふだに、手もえさし出づまじうわりなし。

（中宮様にはじめて出仕したころ、何となく恥ずかしいことが数多く、今にも涙が落ちてしまいそうなので、夜ごと出仕して、三尺の御几帳の後ろに控えていると、絵などを取り出して見せてくださるのにさえ、手もさし出せそうになくてつらいことだ。）

このように原文では、「宮にはじめてまゐりたるころ」「夜々まゐりて」といった書き様によって、初出仕当時がある程度の時間の幅をもって把握されている。と同時に「〜わりなし」という文末は、出来事時と執筆時との懸隔を意識させることがない。以下のエピソードともども、叙述は現前の光景のように展開されてゆくのだ。

続いて鮮明な印象を刻むのは、緊張のあまり顔をあげることもできない清少納言の、不自由な視界に飛び込んできた中宮定子の御手、その鮮やかな「薄紅梅色」だった。さらに「かかる人こそ世におはしましけれ（こうした人が、世の中にはいらっしゃるのね）」という彼女への賛辞は、新参の作者を何かと気遣う姿によって、読者にも共有されうるものとなる。そして、訪れた伊周との洗練された会話に「物語の中だけだと思っていた世界が現実になった」と感激したり、（定子への返答に水をさした）誰かのくしゃみに腹を立てたりする書き手の視線に沿って、私たちは本文を読み進めてゆくことになる。

特定される時間

英訳の場合、これがかなり印象を異にしていた。

When I first entered her Majesty's service I felt indescribably shy, and was indeed constantly on the verge of tears. When I came on duty the first evening, the Empress was sitting with only a three-foot screen in front of her, and so nervous was I that when she passed me some picture or book to look at, I was hardly capable of putting out my hand to take it.

（はじめて私が皇后陛下のもとへ奉公にあがった時は、言いようのない恥ずかしさを感じて、まさに涙のこぼれ落ちる寸前だった。私が職務についた最初の晩、皇后は三フィートの衝立のすぐ向こうに座っていたので、緊張のあまり、彼女が渡そうとしてくれた絵や本に、私は手を差し出すことさえできなかった。）

前掲の原文は、こうして二つのセンテンスに分割される。しかも、そこには傍線部のように「私が職務についた最初の晩に」という限定が割り込んできている。つまり英訳では「～ころ」「夜々～」といった漠然とした時間ではなく、「最初に奉公に上がったその時」「職務についた最初の晩」という、特定の過去時が指示されているのだ。以下も「翌日の昼」「さらにその翌日」と、厳密な時間軸に沿って一連の出来事は描かれている（詳細は訳文を参照されたい）。

過去の語られ方

こうした「ある日ある時」の体験談（としての書かれ方）は、それらを過去の事件と明示し、客観的な距離を保ち続ける「私」によって保証されている。英文がここで一人称と過去時称を選んだ（それ以外を選ばなかった）という、当り前のような（しかし表現の根幹に関わる）事態は、かくて原文とは似て非なる世界を構築させてゆくことになるのである。

むろん、原文とて事実上は「過去の体験」を語っていよう。しかしここで問題なのは、出来事時が実際に過去のことであるか否かではない。それを語るさいに選ばれた発話態度なのだ。しかも、私たちが「日本人だから」無条件に原文の側に立っているのかといえば、ことはそう単純ではない。「はじめて（私が）〜したころ（は）」という書き出しに対しては、「〜つらい（わりなし）」よりは「〜つらかった」と結ばれる方が、やはり自然だろう。現代日本語の論理とて、こうして既に英訳の側にあるのだとすれば、両者の非対称は私たちの「口語訳」さえも相対化しうる契機となってこよう。こなれた口語訳というものが、時に原文の懐柔、矯正の上に成り立つということを、英訳は明快に突きつけている。

●「体験」を語ること

誰の体験か

回想する「私」が「あの日あの時」の体験を語るという体裁は、以下も英訳に一貫する。「嵐」と銘打たれた船旅の風景（評釈二六三段）や、「長谷寺への巡礼」と題された「正月に寺に籠りたるは」（評釈一〇三段）の訳などは、その結果、原文との乖離が特に顕著となっている。

The sun was shining brightly;…… We young girls had thrown off our mantles and were helping at the oars〜.

（太陽は明るく照っていた。……私たち若い娘は、マントを脱ぎ捨てて、櫓を漕ぐのを手伝っていた〜）

While they were seeing about our rooms, the carriage was pulled up to the foot of the log stairway by which one climbs up to the temple.

（私たちの部屋を彼らが支度する間、くるまは寺へ登る丸太階段の下に止められていた。）

それぞれ、「日のうららかなるに……若き女の、袙ばかり着たる、侍の者の若やかなるもろともに、櫓といふ物押して〜」（二六三段）「局などするほどは、榑階のもとに、車引きよせて立てるに〜」（一〇三段）という原文に相当する。前者は「うららかな日差しのなか、袙姿の若い女が、若々しい侍の者と一緒に櫓を押して」歌いながらゆく船路の情景を、後者は「（お籠りの）部屋の支度などする間は、くれ階のあたりに車を引き寄せて置いている」という（長谷寺などへの）参籠のひとこまを描いている。

訳注でも触れたように、原文の「若き女」は私たち（We）のことではないし、「局」もOur roomsに限定されているわけではない。前者には（「もろともに」をめぐる）解釈上の誤りもあるが、そもそも原文に「私」を求めるならば、これらの情景を取り上げて「をかし」などの評価を下してゆく、その表現主体をあてるべきだろう。「船旅する」者や「参籠する」者は、いわばその素材であってみれば、「誰か」という問題が表現の根幹に関わらないわけだ（強いていえば「私」でも「人」でもよい）。ただ、そう言い切るには、先の本文を瞥見しただけでは不十分だろう。英訳が省いた、あるいは切り捨てざるをえなかった、原文側のコンテキストが鍵となりそうだ。

出来事のカタログ化

二六二段の「船旅」は、実際には「うちとくまじきもの」（気を許せそうにないもの）という題目に回収されてゆく記事として存在している。

うちとくまじきもの。

悪しと人に言はるる人〜。

船の路。日のうららかなるに〜。

という具合に、あくまで「うちとくまじきもの」の第二項目、「船の路」の具体例として位置付けられている。「〜もの」「〜は」という言挙げは、以下の項目に、それなりの普遍性を要求するような形式といえようか。従って、たとえ私的な体験に材を取ったにせよ、多くは固有性を捨象された姿でしか表出されてこない。後文にも「思えば、船に乗って行き来する人ほど、恐ろしいものはない」といった船旅の総括や、海女への同情など、個々の見聞をより普遍的な次元で括ろうとする志向は随所にうかがえるが、それらが具体的な景物と組み合わされて、いわば「うちとくまじき」船旅のカタログが形成されてゆくのである。

また、一〇三段の長谷参籠の話も、本来その冒頭には、

　正月に寺に籠りたるは、いみじく寒く、雪がちに氷りたるこそをかしけれ。雨などの降りぬべき気色なるはいとわろし。

（正月に寺に籠っているのは、ひどく寒く、雪も降りがちに凍てついているのがよい。雨などが今にも降ってきそうな様子なのは全然よくない。）

という（英訳では省略されている）総括が置かれており、後文の「二月つごもり、三月ついたち、花盛りに籠りたるもをかし」と呼応していた。「〜は」というテーマの提示からはじまり、「〜をかしけれ」「わろし」などと結ばれてゆくことからも、何年何月の参籠の記録というより、折々の寺籠りを概括する姿勢が、ここでは示されている。長谷寺の興趣もやはり、そうしたカタログの一頁だったわけである。

原文の「体験談らしさ」

つまりこれらの記事は、必ずしも「ある日ある時」の「私の体験」に限定される必要のないことを、原文ではその「枠組み」が示しているわけだ。ただ興味深いことに、私たちがこれらの章段を漠然と「作者の体験談」のように解してきたことも、また事実なのである。では、果たしてそうした読みには、いかなる根拠があったのだろうか。もちろん事実上の根拠は「枕草子は清少納言の記した随筆である」という読者側の確信と、「これだけ臨場感のある描写

は体験者でなければできない」という不文律に委ねられてきたのかもしれない。ただ、改めて本文じたいに問えば、先の「枠組み」を突き破るかのような痕跡を、そこに見出すこともできる。

例えば、一般論を志向していたはずの「船旅の恐怖」が、描写の進行に導かれて、

わが乗りたるは、清げに、帽額のすかけ妻戸あけ格子あげなどして、されど、ひとしう重げになどもあらねば、ただ家の小さきにてあり。（二六二段）

と、いま「自分が乗っている船」を実況するような語り口をみせる瞬間。読者はここで、書き手自身の体験したであろう船旅に思いを馳せることになる。あるいは「をかし」「またをかし」などと、一定の距離を置いて描かれてきた「長谷寺参籠記」が、突如として、

日ごろ籠りたるに、昼は少しのどかにぞ、早うはありし。（一〇三段）

「（昼間は）以前は少しのんびりしていた」と、かつての参籠時を引き合いに出してくる瞬間。過去の体験を参籠する「いま」から振り返る書き手が、そこには出現してくることになる。これらは（カタログ化を志向する）章段の体裁に亀裂を走らせるように「体験談らしさ」を印象付けてくるわけである。

逆にいえば、原文における「体験談」のスタイルは、こうしてふと呼び込まれてくるものであって（その唐突さこそがリアルでもあるが）、英訳のように、安定した不動のフレームではないということだ。結局のところ原文は、ひとつの話題が次々と個々の体験を呼び起こしてゆくような遠心力と、「〜もの」なる題目に見合うべき普遍化をめざす向心力とが随所でぶつかりあう、その拮抗じたいを伝えているといえようか。従って読者にも、体験談と一般論との微妙な揺らぎをねじ伏せることなく、その振幅に身を委ねることが求められてくる。人称時称が確定された（その意味で「わかりやすい」）英訳と比べれば、何とも油断ならない相手である。だがそれを整備してしまったら、最終的には原文じたいを読んだことにならない。

●「私」のありか

枕草子の「私」

枕草子は、その形式と内容から、「～は」「～もの」に始まる「類聚段」、特定の事件や人物を描く「日記（回想）段」、それ以外の「随想段」と、大まかに三つに分けて理解されている。いま、類聚段・随想段に分類されるテキストが、「私の体験」に拘束される英訳と齟齬をきたす様をみてきたわけだが、それに対して、先の「宮にはじめてまゐりたるころ」のような日記章段、つまり作者の体験談であることが自明とされてきたテキストの場合はどうだろうか。

一見すると両者の「私＝清少納言」は同一のようにみえる。だが、逆にそこにこそ、最もデリケートな問題が横たわっているともいえる。それぞれのテキスト上の「私」のありかの問題である。この点に関連して、枕草子研究の側からも興味深い提言がなされている（永井和子「動態としての『枕草子』」『國文』一九九九・八）。それは、日記章段に対して私たちが無条件に前提としてきた「清少納言」なるものの根拠を問うものであった。つまり、例えば各段を「清少納言を」語る三人称的叙述として読むことは本当に不可能なのか。あるいは日記章段じたいに、それが三人称的な叙述として読まれることを妨げる積極的な根拠はあるのか、という提言である。

これはまさに、叙述のはじめに一貫した人称時称を選び取らざるを得ない英訳が、必然的に「作者の体験談」であることを押しつけてくるのに対し、そうしたテキスト上の強制がないにもかかわらず、なぜ私たちは漠然と「清少納言」を「主語」に戴くことができるのか、という目下の問題に通じてくる。結局は（永井も指摘するように）、各章段の主体が「私」であり、それが「清少納言」であるという了解は、「枕草子は清少納言が書いた随筆である」という長年に渡って培われてきた、読者側の常識によって初めて成り立つものなのだ。

清少納言とショーナゴン

むろん、この「常識」を覆す積極的な根拠は見当たらないので、とりあえずこのテキストは「清少納言の枕草子」として読まれてゆくだろう。だがそこで公認される「清少納言」を、英訳に明示されるような「主体」と同一視してよいかといえば、ことはそう単純ではない。

例えば有名な冒頭文、「春はあけぼの」の翻訳に、典型的にあらわれてくるような表現の落差がある。黎明期の外国語訳が、次のような対処を迫られたところである。

In spring, I love to watch the dawn grow gradually whiter and whiter, ～ (Aston, 1899)

Ce qui me charme, au printemps, c'est l'aurore. (Revon, 1910)

「春、私が好むのは、しだいに白さを増してくる夜明けを見守ること」という英訳、「春に、私を魅了するのは、明け方である」という仏訳、ともに「春のあけぼの」は「私」との関係においてテキスト上に位置付けられている。一方、原文の「春はあけぼの」は、そこでは「春はあけぼの（ですよ）」という息遣いだけを伝えており、いわば「誰が」や「なぜ」以前に、「春は」「あけぼの」と言い切られてしまうのだ。それが「～あけぼの（をかし）」の意であるとか、「清少納言の美意識の表明である」といった解釈は、すべて事後に委ねられている。というより、あえてそれを宙吊りにすることで成り立っている表現なのだろう。

つまり端的にいって、「春はあけぼの」（というテキスト）と「私は、春はあけぼの（が最高）だと思います」（というテキスト）との間に横たわるのが、私たちの戴く「清少納言」と英訳上の「ショーナゴン」との埋めがたい溝でもある。英訳の発話主体としての「ショーナゴン＝私」は、いわば客観的にテキスト上に存在するものであり、その「私」だけが、以下のセンテンスを統括できる。また、そのように自立していなければ「主語・主体」とはいえないのだろう。それに対し、原文の清少納言は、テキスト上に存在する「私」ではない。いわば読者側の了解（もしくは期待）によってはじめてそこに現出する、イメージの最大公約数のようなものなのだ。それゆえ、「主語・主体」たる英訳上のショーナゴンは、時に原文とは異質の人格を醸し出すことにもなるわけだ。以下、ショーナゴンらしさが如実に現れてくる部分として、「五月の御精進のほど」（評釈八六段）という日記章段をみて行きたい。

●主体としてのショーナゴン

詠歌を拒む者

「五月の御精進のほど」という段には、郭公を聞きに出かけた清少納言たちが、最後まで詠むべき和歌が詠めなかったという前半部のエピソードを受けて、ついに彼女が中宮から物の折の詠歌を免除してもらうに至る顛末が語られている。歌人清原元輔の存在を、娘の清少納言がいかに意識していたかを物語るような興味深い章段でもある。英訳は「なまじっかな歌などを詠んだら、亡き人の名誉も汚してしまうから」という彼女の言い分を、部分的な誤訳は含むものの、大意として正しく伝えている。ただそこに立ち現れる人格が、一読して明らかなように、原文とは大きく隔たるものでもあった。同じ主張を述べながら、なぜその印象がかくも異なるのか。まずは、当人の発話を組み込んだ、前後の文脈をみておきたい。

問題となる清少納言の定子への直訴は、原文では、次のような一連のやりとりの内にある。

「ほととぎすたづねてききし声よりも」と書きて（中宮に）参らせたれば、

「いみじううけばりたりや～」と（中宮が）笑はせ給ふもはづかしながら、

「　A　」など（中宮に）まめやかに啓すれば、

（中宮は）笑はせ給ひて「さらばただ心にまかす。我は詠めともいはじ」とのたまはすれば、いと心やすくなりぬ。

引用部分の直前で、郭公の歌を詠まずじまいの清少納言に、中宮が「下蕨こそ恋しかりけれ」という下の句を与えて連歌を要求している。それにこたえた上の句が、この「ほととぎすたづねてききし声よりも」（あわせて「花より団子」のような歌が出来上がる）であった。それに対して「いみじううけばりたりや（ずいぶんはっきり言ってのけたこと）〜」と笑う中宮の言葉を受ける形で、例の訴え（A）は登場する。さらに、笑いながら「ならば心にまかせよう」という中宮の了解が「いと心やすくなりぬ（とても気が楽になりました）」という心情とともに記されることで、最終的に伝わってくるのは、両者の信頼関係ということになろうか。

逆にいえば、それじたい身勝手ともいわれかねない清少納言の言動は、定子の「笑い」に縁取られ、「いと心やすくなりぬ」という心情へと収束する、以上のような文脈にあってこそ、信頼関係を表出しうるものとなる。ふたりの会話が切れ目なく繋がれてゆくことで、両者の一体感を織り込みながら、「いと心やすくなりぬ」という大団円が導かれていることがわかるだろう。

「個」対「個」の対話

これに対し英訳は、基本的に「I」と「She」として明確に区別された主体を戴きながら、各々がセンテンスとして独立している。両者はまさに「個」対「個」として対話しているのだ。しかも最も注目すべきは、原文ではふたりの緊密さを演出していた定子の「笑い」が、英訳では別の心情表現へと変換されている点だろう。そこにはラフカディオ・ハーンをはじめ、西洋人を戸惑わせてきた「笑い」の理解の問題もあるだろうが、何より訳者の自然な感覚として、「まめやかに啓す（まじめに申し上げる）」と「笑はせ給ひて」という言動が、順接（「〜ば」）で結ばれるという事態は受け入れ難いものだったようだ。英訳では、

I said this quite seriously; but the Empress laughed. However, she said I might do as I pleased, and promised that for her part she would never call upon me again. I felt immensely relieved.

（私はかなり真剣にこう訴えたが、皇后は笑った。けれども、彼女は私の好きにするように言ってくれて、二度と自分から要求はしないと約束してくれた。私は心底ほっとした。）

というように、清少納言の真剣さ（seriously）と定子の笑い（laugh）を繋ぐものとして、逆接（but）が選ばれている。従って定子の笑いは、原文とは反対のニュアンスを伝えることになる。だがそうすると、今度はその笑いが後文の「I felt immensely relieved.（私は心底ほっとした）」と矛盾を来たしてくるため、改めて「However」を挿入して対処せざるを得なくなっているのだ。

●「笑い」と「をかし」をめぐって

中宮定子の笑顔

この時、実際に定子がどう笑ったかなどは知るすべがない。枕草子に頻出をみる定子の笑いに対して、「必ずしも嘲笑の意味でもなかろうが、称揚の意味ばかりとは限らなかったかもしれない」（阿部秋生「清少納言」一九五〇、後掲『枕草子　表現と構造』に再録）と臆断することは自由だが、それを現実に証明することは不可能な話である。少なくとも、枕草子が描くところの定子との関係が、そして「～笑はせ給ふも、をかし」という形でそれを位置付けてゆく文脈が、先の例と同じく、表現として定子の「笑ひ」を肯定的に意味付けていることに間違いはない。つまり、厳密には相手側の感情表現であるべきものが、「をかし」等の評価を伴って提出されることにより、既に書き手の判断に引き付けられた形でしか伝えらないのが、原文の笑いだということになる。

そこに、定子の笑いならあくまで定子個人の感情として差し出そうとする英訳との、埋めがたい溝が生まれてくるわけだ。そして実際、こうした枕草子の表現の核ともいうべき「笑ひ」と「をかし」もまた、英訳の前に立ちはだかる不可解な存在であったらしい。ちなみに「五月の御精進のほど」の段には、全十一例の「笑ひ」がみえているが

（三巻本では十二、能因本では十例）、英訳ではこのうち四例が初めから省略されてしまっていた。また訳された笑いをみても、特に書き手自身が関わる場合（書き手の笑い、書き手に向けられた笑い）には、やはり先のような懸隔が顕著となる。

「をかし」の切り捨て

例えば、先に引用した本文の直前には、

「思ひ出づることのさまよ」と笑はせ給ひて、紙の散りたるに「下蕨こそ恋しかりけれ」と書かせ給ひて、「もといへ」と仰せらるるもをかし。

（「思い出すことといったら（蕨だなんて）」と（中宮は）お笑いなさって、紙の散っているのに「下蕨が恋しいことよ」とお書きなさって、「上の句を言いなさい」と仰せになるのもおもしろい。）

という一文があった。傍線部の定子の笑いは、英訳では「The Empress was amused that〜」という形に置き換えられた上、文末の「をかし」も切り捨てられている。つまり描かれているのは「中宮は面白がった」「一枚の紙を拾って歌を書いた」「私に前半を作るよう命じた」という彼女の動作だけなのだ。

かつて枕草子のフランス語訳を分析した中山眞彦も、原文の「〜をかし」が、仏訳では事柄の属性に書き改められたり、すっかり脱落してしまう点を指摘していたが（「文字の外のテキスト」『現代文学』21、一九八〇 および「平安朝文学の仏訳のこと」『書斎の窓』300、一九八二）同じことがこの英訳にも言える。「過去の出来事」を語る主体が、同時に「いま・ここ」から「をかし」など発話することは、基本的にありえない。一人称・過去時称の貫徹によってこそ、彼らのテキストは破綻をきたすことなく、内容の「事実性」を保証するからだ。逆に言えば、こうして英訳（仏訳）された時点で、日記章段が描くところの「過去の出来事」は、そのまま「事実体験」の記録たることを標榜することにもなってくる。しかしこのことは、枕草子の読みをめぐって、さらなる問題を提起することになる。

●「事実性」の問題

グリーナウェイと枕草子

ウェイリーの翻訳との出会いから、「ザ・ピローブック」（一九九六）なる作品を撮ることになった映画監督のピーター・グリーナウェイは、なぜ紫式部ではなく清少納言に惹かれるのかと訊かれたさい、「紫式部が書いたのは（しょせん）小説だから」と答えたという（橋本治「漢字で書かれた枕草子」『CINEMA RISE』67、一九九七・七）。枕草子をはっきりと「フィクション」から弁別するその視点には、英訳に明らかな「事実記録」としての枕草子像が、率直に投影されている。

いま英訳がテキストに「事実性」を保証してゆく様をみてきたが、そもそもウェイリー自身、「源氏物語＝フィクション　枕草子＝ドキュメント」という明確な区分けに立っており、そうした彼の解説が訳文を縁取ることで、枕草子の「事実性」はより自明なものとして提出されているのだ。一方私たちは、むしろテキストそれじたいを完結した世界とは見ずに、描かれざる何かを常に傍らに求めながら枕草子を読んできた。古来より、テキストの外部に「清少納言（零落）伝説」（英訳にも引かれる『古事談』の逸話など）が築かれていったのも、そうした要求のひとつと言えようが、何よりも「描かれざるもの」の代表は、中宮定子の一家を襲った「悲惨な現実」であった。

「長徳の変」をめぐって

ウェイリーも触れているように、九九五年に関白道隆が薨じた後、その息子である伊周と叔父道長との間で激化をみた対立は、翌年に伊周側が都を追われることで、一応の決着がつけられる。「長徳の変」と呼ばれる政治事件である。これによって、定子を含め、栄華を誇った「中関白家」は決定的な打撃を蒙り、道長の時代が到来することになった。しかし枕草子は、事件に直接言及していないばかりか、最後まで全盛期と変わらない「明るさ」に彩られている。テキストを「事実体験」とするウェイリーにとって、その「明るさ」が当然「事実」となる。よって長徳の変も、定子たちにとって「さほど深刻な事態に至らなかった」と解されるわけだ。長徳の変を、まずは「悲惨な現実」と捉えるところから始まる私たちの読みと、大きな齟齬が生じてくるゆえんである。

こうした対立は、一見すると、単なる「歴史事実」に対する認識の相違にみえる。確かに、本書に語られる「史実」には（栄花物語などの影響が強く）明らかな誤解が含まれており、特に男性貴族の手になる古記録の類が参照されていない点は、決定的な弱みだろう。例えば『小右記』（藤原実資の日記）は、長徳の政変をこう伝えている。

（倫範が）又云く、朔日宣旨に依りて、官人及び宮司等、皇后の夜の御殿（寝室）の扉を破る。……女人悲泣声を連ぬ。皇后（定子）は車に載せ奉り、夜の御殿の内を捜るに、后母（貴子）敢て隠忍すること無し、見る者嘆き悲しむ。（長徳二年、五月五日条から）

この時、伊周たちが定子のもとへ逃げ込んでいたため、捜索を受けた中宮御所は「悲泣声を連ねる」修羅場と化し、中宮自身も出家に追い込まれたという（五月一日）。確かにそこには『栄花物語』よりもリアルに「悲惨さ」が伝えられていよう。

ただ、それとても『小右記』が記す限りにおいての「悲劇」である。ここで真にリアルなのは、「悲惨な現場」からの報告を待ち受け、次々と伝えられる「悲嘆」の記録に駆られている書き手の横顔だろう。ただ、当日の見聞が他に伝わらないこともあって、ひとり「事実」としての信憑性を勝ちえてきたのであり、逆にいえばその信憑性が共有されることで、「悲惨な現実」は枕草子にとって最強の「物語」たりえているのだ。

「悲惨な現実」を求めて

私たちは、そうした「悲惨な現実」をもって枕草子を逆照射し、記事の「明るさ」にも何らかの説明を欲してきた。時にそれは「なぜ清少納言は現実を見据えようとしないのか」といった糾弾に形を変えることもあったが、今日では一種の「作為」という所に落ち着きをみている。つまり、清少納言は「悲惨な現実」に気付かなかったわけでも、ただ目を背けていたわけでもなく、枕草子を書くことによって「あるべき中宮像」を永遠化してみせたという理解である。むろん「作為」の程度は、積極的に「事実を改変している」という指摘から、単に「素材の選択にすぎない」というものまで、かなりの幅はある。ただ変わらないのは、枕草子の傍らに「悲惨な現実」という「物語」を求めてゆく姿勢、それなくしては枕草子を語れないという事態だろう。

ウェイリーが記録に残る「現実の厳しさ」を見ていないという批判は、従って史実の解説においては甘受すべきである。だがそれを認めるということが、彼の提示する枕草子の読みじたいを、ただちに斥けることにはならない。「歴史背景」はどこまで作品の読みに介入しうるのか。そのときこそ、枕草子にとっての「歴史背景」が問われてくるからだ。最後に「大進生昌が家に」の段を例に、この点について触れておきたい。

●枕草子にとっての「歴史背景」

定子の最晩年

年代記を標榜するウェイリーが、最後に訳出したのが「大進生昌が家に」の段（六段）であった。事件時は長保元（九九九）年の八月と考えられ、実際に定子の晩年にあたっている。彼女は出産のために生昌邸へ移ることになったわけだが、記録によれば、貴族たちが道長に憚ったためか、退出先の選定も難航を極め、行啓当日には露骨な妨害さえ受けたらしい。「生昌邸行啓」はその限りで「悲劇」たる資格を充分に備えている。だが英訳でも再現されているように、テキスト上に暗い影はない。

大進生昌が家に、宮の出でさせ給ふに、東の門は四足になして、それより御輿は入らせ給ふ。（大進生昌の家に、中宮様がお出ましなさるのに、東の門は四足にして、そこから御輿はお入りなさる。）

なぜ定子が生昌邸などに行啓しなければならないのか、以下も理由にはいっさい触れずに話は進展してゆく。本文は最後まで、生昌を肴にした他愛のない笑いに満ちているのだ。よって今日でも、そこに秘められた真意（実は生昌や道長への恨みが込められている、など）や作為（描かれた世界は虚構である）を指摘することで、あるべき「物語」へのすり合わせも行われている。

日記章段と「背景」

枕草子、特に日記章段と呼ばれるテキストは、人物・場所・事件などの多くを既知のものとして差し出してくる。だからこそ読者（特に後代の読者）には、適うかぎり外部とのつき合わせが求められるわけであり、「歴史背景」なるものも、必然的に呼び込まれる情報のひとつだろう。ただ、読者が専らひとつの「歴史背景」に身を置いて、その高みからテキストを裁断しようとすれば、枕草子の読みとしては本末転倒に陥ることもある。「歴史背景」との関係は、常にこうした（「真か偽か」に搦め捕られる、つまり枕草子を単なる「史料」にとどめてしまう）危険を抱えているのだ。

定子の晩年に関しては、『栄花物語』という外部が詳細を伝えているが、例えば生昌邸への二度目の行啓場面（一〇〇〇年）などはこう描かれている。

三月三十日に（定子が内裏から）出でさせたまふも、あはれに悲しきこと多く（帝に）聞こえさせたまひて、御袖も一つならずあまた濡れさせたまふ。かへすがへすこの月の御事のさもあらずならせたまひぬる（＝懐妊したこと）を、いでや、さも心憂かるべきかなと、あはれにもののみ心細く思しつづけらるるを、ゆゆしう、かく思はじと思しかへせど、いとうたてのみ思さる。（巻六、『新編日本古典文学全集』から）

涙に明け暮れ、心細さのみが強調される「あはれ」な定子の姿。しかし、彼女の晩年が不幸だったというのは全盛期を「幸福」と考えたときの相対的な理解であり、多分に「悲劇」を欲する人々の期待像かもしれない。枕草子が描くような笑いに満ちた穏やかな日々が、現実になかったと決めつけることはできないだろう。

では逆に、当事者の主張する「明るさ」だけを「事実」と認めることが、ことの解決になるのだろうか。英訳は難なくそれを成し遂げているようにみえるが、そのためにはテキストが、客観的な現実世界の記録（ドキュメント）として公認される必要があった。あくまでも書き手の視点に統括され、読者の参加によって意味が補完されてもくるような原文では、なだれ込んでくる外部には抗しきれまい。

断章が誘発する「物語」

加えて、この「大進生昌が家に」の解釈においては、内容のみならず、その章段の位置からも「物語」は生み出されてくる。雑纂本の配列によれば、それは「最初の日記章段」としての、さらに「宮」（定子）の初登場段としての栄誉が与えられており、続く「うへに候ふ御猫は」の段（七段）とあわせると、「宮」の「晩年」へのこだわりが強く標榜されてくることになるからだ。「御産」という行啓の理由にさえ触れない六段は、いわば冒頭から沈黙を抱え込んでいたわけだが、次段と並べられることで、さらなる意味付けが誘発されてゆく。

うへにさぶらふ御猫は、かうぶり賜はりて、命婦のおもととて、いとをかしければ、かしづかせ給ふが……

（帝に伺候する御猫は、五位をいただいて、「命婦のおもと」といって、とてもかわいいので、帝が大切になさっておられるのが……）

こう書き起こされる七段も、表面上は他愛ない犬猫騒動を描くものの、事件時として想定されるのは長保二（一〇〇〇）年の三月のことである。年譜上、両段の間には、左大臣道長の娘・彰子が入内、さらに、そのまま中宮にまで上りつめるという「慶事」があった（二后並立）。彰子が女御になった長保元年十一月七日はまた、先の「大進生昌が家」にて定子が第一皇子（敦康）を生んだその日でもあった。

第一皇子でありながら、彰子に第二・第三皇子の誕生をみたため、東宮位にも就けなかった敦康は、それゆえ世人の強い関心を集めていったようだ。『栄花物語』などによって「あはれ」を掻きたてる格好の素材とされてゆくのは、周知のところである。従って、彼の生誕と結びついた「生昌が家」もまた、単なる生昌の邸ではなく、世人に記憶されるべき場所となっていたことだろう。一方、七段冒頭に登場する「御猫」は（『小右記』が呆れた口調で伝えるところによれば）前年の九月、道長や女院詮子（一条天皇の生母）によって盛大な「産養の儀」が行われた、いわくつきの猫である。時あたかも、定子が生昌邸に退いて約ひと月、彰子の入内がすすめられている最中の珍妙なイベント。そして、世が世なら最大の慶事たりえた第一皇子の「産養」の方は、結果的に彰子の華やかな入内劇の陰に追いやられてゆく……。かくて二つの「産養」は、いやおうなく権勢の明暗を追認させたことだろう。

●枕草子を読むこと

読者たちのジレンマ

両段の隙間には、こうして〈猫の産養―彰子入内―敦康誕生〉という堅固な脈絡が浮かび上がってくる。枕草子がその関係を語らなくとも、「大進生昌が家」「うへに候ふ御猫」という二つのメモリアルが、おのずと「描かれざるもの」を呼び込んでしまうわけだ。その〝雄弁な沈黙〟を「敦康の不如意な境遇を記すに忍びなかった」「道長方に無言の抗議をした」というような「作者の心情」に事寄せて説けば、「歴史背景」とも積極的に共存してゆけるような「物語」を、私たちは容易に手にすることができる。

つまり、この両段に典型的なように、断章の集合体を標榜することで随所に隙間を抱えるこの草子にあっては、たとえどれだけそこに明るく笑いに満ちた世界が描かれていても（それを事実の一面、もしくは作為と見なすことで）、「悲惨な現実」はやすやすと忍び込んでくるのである。極言すれば、それは事実だから引かれてくるのではなく、読者がその隙間を埋めようとするがために「事実」であり続けている、とさえいえようか。統括的な「物語」が拒否されることで、かえって読者は物語に駆り立てられる――。この堅固な円環構造から、私たちは容易には抜け出せない。しかもそれが、決まって通俗的な「悲劇」（哀れで悲しい物語）に落ち着くというところに、枕草子を読むさいのジレンマもあるのだ。

『ピローブック』という輝き

ウェイリーの『枕草子』にみる明晰さ、力強さは、さしあたり英訳者がそうした桎梏から自由であることによって保証されている。「事実の記録」としての作品像は、ショーナゴンなる発話主体に顕著だったように、原文を英語に移しかえるさい必然的に要請されたものではあったが、さらにそこで選ばれた批評スタイルは、配列による意味付けからもまた、テキストを解放してしまっているといえるだろう。英訳上の「大進生昌が家に」の段には、じじつ〝雄弁な沈黙〟など介入する余地はない。ショーナゴンの統括する世界へと、見事なまでに変貌を遂げた枕草子。そこにあるのは、名実ともにウェイリーの『ザ・ピローブック』なのだ。

わが国で「国文学」が学としての体系化を求められていった近代以降、西欧諸国に対抗して「国文学史」を構想した学者の多くは、枕草子が世界に先駆けた「随筆文学」であることを、つまりは「心のままに」「ありのままに」作者の個性が体現された作品であることを、何より願ってきた。だが、そうした作者の個性にすべてを還元する読みは、古代に近代的な「個性」をスライドさせてよいのか、また「作者」だけがテキストを統括しうるのか、といった素朴な疑問の前に、今や挫折を強いられている。ただ、こうした流れの中に『ピローブック』を置いたとき、力強くストレートに響く「作者」の声が、逆に新鮮にみえてくるのも確かだろう。「随筆文学」としての枕草子も、読者側の思い入れや加工しだいでは、その本質を輝かせてゆけるということを、ウェイリーは証しているのかもしれない。

むろん、枕草子を読むことは、多かれ少なかれ個々の読者が作り出す「清少納言」との対話ではある。今も「随筆作家」「エッセイスト」としての彼女と語りたいという者の願望を、誰も否定することはできまい。だとすれば最後に問われるのは、そうした加工じたいの質だろうか。その意味でウェイリーが残したものは、間違いなく彼だけに実現できた貴重な対話であった。出会いもまた才覚のなせるわざ、と思わせるような、うらやむべき関係であった。海を渡った枕草子が、二〇世紀の英国でひとりの天才と出会い、ショーナゴンなる人格を生み出したこと。千年にわたる伝来の歴史を見渡してみても、それは刮目に値するトピックといえるだろう。

文献案内

Ⅰ

アーサー・ウェイリーの詳細な評伝には、宮本昭三郎『源氏物語に魅せられた男』(新潮社、一九九三)がある。本書のウェイリーその人に関する記述も、同書に負うところが大きい。

ついに日本の地は踏むことのなかったウェイリーだが、彼と親交を持ちえた者たちの追悼が、『国際文化』147号(一九六六・九)にまとめられている。さらに彼が死の直前に結婚したアリスン未亡人の回顧録も邦訳されており(井原眞理子訳『ブルームズベリーの恋』河出書房新社、一九九二)、彼女の目を通したウェイリーの一面を知ることができる。

ウェイリーの著書の邦訳には、花房英樹訳『白楽天』(みすず書房、一九五九)があり、代表作『テイル・オヴ・ゲンジ』に関しては、古田拡・武田孝・高杉一郎・松永巌『源氏物語の英訳の研究』(教育出版センター、一九八〇)、井上英明『異文化時代の国語と国文学』(サイマル出版会、一九九〇)ほか、わが国でも多くの検証がなされている。また『比較文学研究』27号(一九七五・六)は、ウェイリーの特集号である。

Ⅱ

第Ⅰ章で紹介した、ウェイリー自身の『ピローブック』に対する評価は、ドナルド・キーン「栄光と孤独の天才」(前掲『国際文化』所収)、アイヴァン・モリス「源氏物語のウェイリー」(『自由』9巻4号、一九六七)が伝えている。また武田勝彦「枕草子と世界文学」(『枕草子講座』一、有精堂、一九七五)もウェイリー訳の解説を含んでいる。

筆者自身は、かつて「アーサー・ウェイリーと枕草子研究」(『王朝文学史稿』16、一九九〇・一二)、「枕草子の外国語訳」(『枕草子大事典』勉誠出版、二〇〇一)でも概説を試みた。なお本書の翻訳部分は、『王朝文学史稿』第一六〜二〇号および『帝京女子短期大学紀要』第一六～一八号に連載してきた旧訳に、全面的に手を入れたものである。

Ⅲ

最後に、近年（九〇年代以降）刊行された主な枕草子の研究書を紹介しておく。

下玉利百合子『枕草子周辺論　続編』（笠間書院、一九九五）

三田村雅子『枕草子　表現の論理』（有精堂、一九九五）

小森潔『枕草子　逸脱のまなざし』（笠間書院、一九九八）

藤本宗利『枕草子研究』（風間書房、二〇〇二）

また、昨今の研究状況を概観するには、次の文献が至便である。

三田村雅子編『枕草子　表現と構造』（有精堂、一九九四）

『國文學』第四一巻一号「枕草子　表現の磁場」（學燈社、一九九六・一）

枕草子研究会編『枕草子大事典』（勉誠出版、二〇〇一）

ウェイリーが序章で論じた平安時代史に関しても、その後の研究成果は枚挙に遑がない。近年では大津透『道長と宮廷社会』（講談社、二〇〇一）や、同書の文献一覧などが手引きとなるだろう。

なお、本書第Ⅲ章「英訳から読む枕草子」に関連する筆者自身の論考に、次のようなものがある。

「文学」以前（『叢書　想像する平安文学』一、勉誠出版、一九九九）

「春は曙」（『新しい作品論へ、新しい教材論へ』古典編、右文書院、二〇〇一執筆）

〈うちとくまじき〉本文（『日本文学』二〇〇二・五）

あとがき

ウェイリーの英訳と格闘しながら、改めて枕草子と向き合うことができた。

枕草子をその対象に定めたときから、思いのほか孤独な研究生活を続けていた。源氏・枕などと並び称せられるものの、業界の人気（それは世相の反映でもあろう）には天地ほどの開きがあり、私が研究に手を染めはじめたころ、枕草子はほとんど「読まれざる古典」と化していたからだ。そんな孤独感を、むしろ良しとする性向が自分にはあったが、やはり身近に共感者が皆無というのも寂しいもの。その意味でウェイリーは、枕草子を介して、ある時期までは唯一の友のような存在だった。

翻訳を進めながらも、従って私の関心は、常に枕草子そのものに向けられていた。誤解を恐れずにいえば、「比較〇〇」なる発想とも無縁に、私はウェイリーとともに作品を読んできたに過ぎない。その間、およそ十年。振り返れば贅沢な時間であった。

ウェイリーに枕草子の英訳があることを知ったのは、学生時代に目にした研究文献一覧の類だったろうか。その後、どうも単なる翻訳ではないらしいこと、ウェイリー自身が最も愛した一冊であったことなどを聞き及び、好奇心を募らせた。

ジョージ・アレン&アンウィン社まで注文を出し、やがて手にした原著は、当時のレートで二九七〇円。固有名詞を頼りに頁をめくれば、おおよその見当はつくのだが、ウェイリー独特の不思議な章段の選び方が、結局はきちんと読むこと私に迫った。だが、そもそも教室では散々苦しめられた英語である。そんな相手に、曲がりなりにも取り組む気になったのは、学生時代の終りに追い詰められて学んだ、もうひとつの横文字との格闘があったからだろう。まるで熱に浮かされたように、何かしなければという焦りと衝動が、当時の私をフランス現代思想の文献に向かわせていた。やがてその熱も年月とともに冷めてしまうのだが、この濃厚な半年間なくして、大学院に紛れ込むことも、こうして翻訳を手がけることも、おそらくはなかったと思う。

しかし、野望は早くも頓挫する。じっさい、訳し始めた「序章」がもっとも厄介だったこともあるが、単語を調べ尽くしても文章になってくれないのだ。そもそもが、誰に勧められたわけでも、期待されているわけでもない仕事、そのまま捨て置かれる条件は十分に備えていた。そんなとき、救世主となってくれたのが、東京家政学院高校で講師仲間だった柴家直子氏である。すでに一冊の訳書をものしていた氏の全面協力なくして、この仕事が日の目をみることはなかったろう。素人丸出しの質問ぜめに、どこまでも明るく答えていただいた日々を思い返すと、感謝の念はいまも尽きない。

ちょうどそのころ、所属していた研究会が世代の交替期を迎えていた。機関紙にも原稿が集まりにくい状態だったので、ならば若手で……という機運が高まったとき、私は恐る恐るこの翻訳を差し出した。前代未聞とはいわれたが、表立った反対もなかったので、「連載」を既成事実にしてしまった。この仕事は、そうでもしなければ完成はないという予感があったのだろう。じっさい〆切があるから人前に出せるという事情は、論文以上に切実だった。原本があるから楽だろうというのは、まったく逆であって、実をいえば今も、原著者の意を伝え切れているかという不安は払拭できてはいない。

何はともあれ、曲がりなりにも進められていった連載だったが、途中で掲載誌が事実上の終刊を迎えたり、大学紀要という新たな発表の場も、職じたいを失うことで自然消滅したりと、まさにこの翻訳は、わが人生の迷走と命運を共にすることになってしまう。最後は完結目前での中断だったため、失業時代には、この仕事を世に問うことこそが生きる証しのように思えてきて、随分とあちらこちらに無理をいったものだ。その結果思い知らされたのは、出版界や文学研究を取り巻く現状の厳しさばかりだったが、諸先輩からいただいた励ましやアドバイスは、今では得がたい財産となっている。

最終的に『枕草子大事典』の編集を手伝わせていただいた縁で、松田喜好氏を介して、鼎書房の加曽利達孝氏のお世話になることになった。ここに至る苦難の道があっただけに、本書を手にする感慨は並々ではない。この場をかりて、改めて感謝の意を表しておきたい。

二〇〇二年盛夏

津島知明

著（訳）者紹介

津島知明（つしま　ともあき）

1959年　東京都生れ

國學院大学大学院博士課程後期（日本文学）単位取得

現　在

國學院大學・東京工業大学・桐朋学園大学短大部ほか兼任講師

著　書

女学生の玩具（七月堂 1989）

ウェイリーと読む枕草子

発　行――二〇〇二年九月一〇日

著(訳)者――津島知明

発行者――加曽利達孝

発行所――鼎　書　房

〒132-0031 東京都江戸川区松島二－一七－二

TEL・FAX　〇三－三六五四－一〇六四

印刷所――イイジマ・互恵

製本所――エイワ

ISBN4-907846-16-9　C1095